出雲のあやかしホテルに就職します⑯

硝子町玻璃

双葉文庫

AYAKASHI HOTEL

プロローグ

櫻葉悠乃（さくらばゆうの）は碁盤を抱え、ある部屋を訪れていた。

「久寂（くさび）、入ってもいい？」

両手がふさがっているので、ノックをせずに呼びかける。すると数分ほど間を置いてから、部屋のドアがひとりでに開いた。

友人は座布団の上に正座をし、窓の外を静かに眺めていた。悠乃が部屋の中に入ってくると、碁盤を見て首を傾げた。

「悠乃、それは何だ」

「碁盤よ。久寂と打ちたいと思って」

「……他を当たれ。私は遊びを知らない」

「私が遊び方を教えてあげるから。ね、いいでしょ？　一局だけ」

しつこく頼み込むと、友人は「分かった」と渋々ながら誘いに応じた。

「そうそう。そうやって陣地をどんどん増やしていくのよ。面白いでしょう？」

「何が楽しいのかよく分からない」

「大丈夫よ。続けていくうちに、楽しくなってくるわ」

「そうだろうか」

友人が慣れない手付きで、交点に黒い石を置く。それを眺めながら、悠乃は満足げに微笑んだ。楽しさを理解していないというのに、上達は早い。これなら、近いうちにいい勝負ができそうだ。

「ところで悠乃」

「なぁに？」

「あなたの孫が、私を見かける度に笑顔で突進してくる。どうにかならないか」

そういえば好奇心旺盛な孫は、友人に興味津々な様子だった。

「どうにかって……永遠子(とわこ)はあなたと遊びたいのよ。仲良くしてあげてちょうだい」

「……面倒臭いのは悠乃だけで十分だ」

「酷いわねぇ」

くすくすと笑って、碁石をどこに置こうかと思考を巡らせる。その時、友人に「悠乃」と少し緊張した声で呼ばれた。

「近々、託したいものがある。あなたしか頼れる者がいない」

「別にいいけど、そんなに大事なものなの？」

悠乃の問いに友人はこくり、と首を縦に振った。

「その時がきたら詳しく話す。だがその前に、一つ約束して欲しい」

友人はそう前置きしてから、言葉を続けた。

「絶対に、誰の目にも届かない場所に隠してくれ」

第一話　少女の夢

夜空に浮かぶ月の柔らかな光が地上を照らしている。

「おつきさま、きれいなのーっ！」

幼い少女が月に向かって、紅葉(もみじ)のような両手を伸ばす。声を弾ませながらはしゃぐその姿に、傍にいた牛の妖怪は口元を緩ませた。

「そうだな。ほら、肩車してやるよ。そうすりゃもっとお月様に近付けるぞ」

「うん。おじちゃん、ありがと！」

「よっと……しっかり掴まってるんだぞ」

妖怪はしゃがみ込んで少女を肩の上にまたがらせると、ゆっくりと立ち上がった。少女の「たかい、たかーいっ」とはしゃぐ声が聞こえてくる。

「マツリのこえ、おかあさまにもとどいてるかなぁ？」

「……ああ。きっと空からお前のことを見守ってるだろうよ」

妖怪は少女、マツリの問いかけに少し間を置いてから答えた。自分が望む言葉を得られ、マツリは嬉しそうに空色の目を細めて微笑んだ。

葉擦れの音を立てながら吹いた夜風が、ふっくらとした頬を優しく撫でる。

「はっくちゅん」

マツリはぶるっと身を震わせ、可愛らしいくしゃみをした。

「おっと、冷えてきたな。そんじゃあ、今夜はそろそろ中に引っ込むことにするか」

「うん！　おねんねしたら、おかあさまにあえるの！」

その言葉に妖怪が一瞬困ったような表情を浮かべたことを、マツリは知らない。


マツリが妖怪たちと暮らしているのは、とある山奥に形成された集落だ。どうして人間から隠れて暮らさなければならないのかは、よく分からない。以前、「人間の中には、自分たちを祓（はら）おうとする恐ろしい連中もいる」と誰かが言っていたことがある。きっとその人たちに、見付からないようにするためだろう。

夜の肌寒さから逃れるように、大樹の根元に作られた巣穴へと向かう。するとその入口では、一頭の獏（ばく）がマツリの帰りを待っていた。首から小さな煙管（きせる）を提げ、頭には小さな頭巾（ずきん）をちょこんと載せている。

「おばあちゃん、ただいま！」

「お帰り、マツリ。さあ、早く中にお入り」

「はーいっ！」

マツリは元気よく返事をし、藁（わら）が敷き詰められた巣穴の中に入り込んだ。外からの風が吹き込んできて少し寒いが、獏の体に身を寄せるとぽかぽかと温かくて、次第に眠くなってくる。

「おばあちゃん、おやすみなの……」

獏の傍らで体を丸め、瞼（まぶた）を閉じて深い眠りに就く。

マツリには実の親と過ごした記憶がない。ある日の夜、まだ赤ん坊だったマツリは突然空から落ちてきたところを獏に拾われたそうだ。以来、この集落で蝶よ花よと慈（いつく）しまれながら育てられてきた。

そして毎晩のように、母親と過ごす夢を見ている。

『マツリ、マツリ』

空色の瞳を持つ女性がこっちにおいでと手招きをする。その声に引き寄せられるように、マツリはぱたぱたと駆けていく。

「おかあさま！」

その胸に勢いよく飛び込むと、女性は小さな背中に手を回して我が子を抱き留めた。

『マツリ、今日もいい子にしてた？』

「うん、おじちゃんとおつきみしたの！　おつきさまとってもきれいだったんだよ！　それからね……」

集落のみんなで木の実を集めたこと。集落の近くに咲いている花で花冠を作ったこと。その日の出来事を指折り数えながら話す。

「あのね、みんなにはなかんむりつくるの、じょーずっていわれたの！」

『ふふ。それじゃあ、今度お母様にも作ってくれる？』

「うんっ。おかあさまにも、はなかんむりつくってあげるのー！」

『ありがとう……楽しみにしてるわね、マツリ』

頭を撫でてくれる手は細くて白くて、少しひんやりとしている。甘えるようにぐりぐりと頭を擦り付けると、母のくすくすという小さな笑い声が聞こえてきた。

たとえ夢の中でしか会えないとしても、母は惜しみない愛情を与えてくれる。

それだけで十分。それだけでマツリは満ち足りていた——はずだった。

「うっく、おかあさまに……っ！　あいたいよぉ、ひっく、うっ……うえぇぇぇんっ！」

顔を真っ赤にして泣き叫ぶ少女に、集落の妖怪たちは途方に暮れていた。

「お、落ち着け……！　ほら、マツリの好きな木の実取ってきてやったぞ」

「おかあさまぁぁっ！　びぇぇぇんっ!!」

食べ物如きで今のマツリを宥めることは不可能だった。手渡した木の実をブンッとどこかへ放り投げられ、妖怪が「あぁ……」と諦めの声を上げる。

「まあ、いつかはこうなるとは思っていたんだがよ……」

一人の妖怪が零した呟きに、他の者たちも同調するように深く頷く。

マツリは夢の中で母親と過ごす時間を、いつも心待ちにしていた。所詮、夢は夢に過ぎない。それだけでは我慢出来なくなり、いずれ本物の母親が恋しくなることは想像に難くなかった。

そして皆の懸念は的中し、ついに積もりに積もった寂しさを爆発させてしまったのだ。

「まったく……こんなことになっちまったのは婆さんのせいだぞ」

「そうだぞ。だから俺たちは反対したんだ」

妖怪たちはこの事態を引き起こした張本人を口々に責めた。

「う、うぅ……アタシだって、あの子には申し訳ないことをしたと思ってるよ」

彼らからの指摘に返す言葉もなく、老婆の獏・栗梅(くりうめ)は針のむしろの思いだった。ずんぐりむっくりとした体を丸く縮こめている。

「ひっく、ひっく……おかあしゃま……」

しゃくり上げながら母を求めるマツリの声は、次第に小さくなっていく。

「どうすんだよ、婆さん。今さら本当のことなんざ言えねぇだろ！」

「そうさねぇ……」

仲間たちに言われなくとも、それは栗梅自身が一番よく理解していた。

獏とは悪夢を食らうだけでなく、吉夢を見せることの出来る妖怪だ。獏はその力を使い、毎晩マツリに母親の夢を見せていた。母親の姿も栗梅がマツリの容姿からイメージしたものので、実際どのような外見をしているかは誰も知らない。

そうして他の妖怪たちの反対を押し切り、栗梅はマツリに偽物の母親の夢を見せ続けていたのだ。その結果がこれだ。マツリが哀れで、マツリのためによかれと思ってしたことが、裏目に出てしまった。

「げ、元気出せよ、マツリ！　俺たちがいるだろ？」

「後で釣りに行こうぜ。それとも、追いかけっこでもするか？」

屈強な妖怪たちが幼い少女を取り囲み、必死に慰める。その甲斐あってか、マツリは徐々に落ち着きを取り戻していった。涙が止まり、少しずつ呼吸が整っていく。

ひとまず安堵の溜め息をつく栗梅たちだったが、安心するのはまだ早かった。

「マツリ……いく」

「え？」

「マツリ、おかあさまにあいにいくっ！」

涙で濡れた頬をそのままに、マツリが声高らかに宣言する。そして集落の入口に向かって走り出そうとするので、妖怪たちは慌てて正面に回り込んで通せんぼした。

「あ、会いに行くってお前……！」

「やめとけって！　どこにいるのかも分からないんだぞ？」

「お前の母ちゃんなら、そのうち迎えに来てくれるって」

こんな小さな子供を一人で行かせるわけにはいかない。かと言って、どこにいるかも分からない母親を一緒に探す手立てもない。先ほどより語気を強めて、何とか説得を試みる。

「やっ！　がんばって、おかあさまさがすのっ！」

だがマツリの意思が揺らぐことはなかった。しかも根性論でどうにか乗り切ろうとしている。ますます集落の外に出すわけにはいかなかった。

栗梅は小さく溜め息をつき、のそのそとマツリへ歩み寄って行った。

「マツリ、そんなに母親に会いたいのかい？」

「うん！」

確認するように問うと、マツリは真剣な面持ちで頷く。その答えを聞き、栗梅も腹を括ることにした。

「……仕方がないねぇ。それじゃあ、アタシも一緒について行くとするかね」

「ほんとっ⁉」

顔に喜色を浮かべるマツリ。その背後では、妖怪たちが戸惑いの表情を露わにしていた。

「ア、アンタまで何言ってんだ！」

「こんなことになったのは、アタシの責任だ。だったらこの子の気が済むまで、母親探しに付き合ってやらなくちゃね」

「やったー！　おばあちゃんといっしょなの！」

よほど嬉しいのか、マツリが栗梅に抱き着いてすりすりと頬擦りをする。しかし妖怪たちはまだ納得のいかない様子だった。

「けどよ、婆さん……！」

「分かってるよ。だけどこれは、マツリ自身が決めることだ。アタシたちが口出し出来る問題じゃないよ」

栗梅の言葉に反論出来る者はいなかった。

「これでよし、と。川に行って自分の姿を見ておいで」

「わかったの！」

栗梅に促され、マツリは巣穴から抜け出して川へと向かった。小さなせせらぎの音を聞きながら、水面を覗き込んでみる。するとそこには、真っ黒なつなぎ服を着せられた自分が映っていた。小さな頭をすっぽりと覆うフードには小さな耳がちょこんと生えていて、よく見るとお腹の部分だけ真っ白な意匠となっている。

「おばあちゃんと、おんなじ……！」

目をキラキラと輝かせながら、水面に映る自分をじっと見詰める。

おかあさまも、かわいいってほめてくれるかな。期待に胸を膨らませ、マツリはにっこりと微笑んだ。

「気を付けて行くんだぞ。何かあったらすぐに帰って来いよ」

「陰陽師とやらに出会ったら、すぐに逃げるんだぞ」

「ハンカチとティッシュはちゃんと持ったか？」

集落の入口には、二人を見送りに多くの妖怪たちが集まっていた。

「あんたたちも心配性だねぇ。この子のことはアタシに任せておきな」

「だけど婆さんよぉ。この前、ギックリ腰になってなかったか？」

「激しい運動をしなければ大丈夫だよ」

しかしこの貘、今から長旅に出ようとしているのである。栗梅の発言は、妖怪たちの不安を一層煽った。

「やっぱり俺たちも行って……」

「おばあちゃんのことは、マツリにおまかせなのっ！」

妖怪たちの言葉を遮り、マツリが自信に満ちた表情で豪語する。腰に爆弾を抱えている栗梅の背中にまたがりながら。

「お、おい。あんまり無茶しない方がいいんじゃ……」

「平気だよ。マツリは羽のように軽いからね」

しかし言葉とは裏腹に、その脚はぷるぷると震えている。

「それじゃあ、行ってくるからね」

「みんなーっ！　ばいばいなのーっ！」

栗梅がのしのしと歩き出し、マツリが仲間たちに向かって大きく手を振る。どんどん小さくなっていく後ろ姿を見送りながら、妖怪の一人がぽつりと零す。

「不安だ……」

こうしてマツリと栗梅による、母親探しの旅が始まった。

「おばあちゃん、これからどこにいくの？」

「まずは出雲（いずも）かねぇ」

「いじゅも？」

聞き慣れない地名に、マツリはこてんと首を傾げた。

「たくさんの妖怪が暮らしている街だよ。あそこに行けば、何か手がかりが得られるかもしれないからね」

「ようかい、いーっぱい！　たのしみなの！」

背中の上で無邪気にはしゃぐ少女に、栗梅の顔にも笑みが浮かぶ。ここから出雲までは、そう遠くない距離だ。そのうち辿り着けるだろうと、栗梅はポジティブに考えながら歩き続ける。

それから数時間後。太陽は地平線の彼方へと沈み、墨色(すみいろ)の空には無数の星々が煌めいている。

「おばあちゃん、どうしたの？　ねえ、おばあちゃんっ、おばあちゃんってば！」

そして田舎道のど真ん中には、陸地に打ち上げられた魚のように横たわる栗梅の姿があった。丸々とした体を外灯の白い光が照らしている。

「マツリ……アタシはもうダメかもしれないねぇ……」

出発前とは打って変わり、栗梅は弱々しい声でマツリに語りかけた。

「さっきね、腰がピキッていったんだよ……」

老体に鞭(むち)を打った結果、ぎっくり腰が再発してしまったのだ。

「こしがいたいの？　いたいのいたいのとんでけーっ！」

「ウグッ」

腰をベシンッと強く叩かれ、栗梅の体が大きく跳ね上がった。

「ア、アタシのことは放って、集落にお帰り……」

「やっ！　おばあちゃんと、いっしょにかえるのーっ！」

マツリは首を横に振ると、どうにか栗梅を持ち上げようとする。ちょうど腰の部分に強く力が入ってしまい、「グェエッ」と蛙が潰れたような悲鳴が上がった。

「も、もういいから、このまま楽にさせておくれ……」

「おばあちゃ……っ」

「マツリ……強く生きるんだよ」

掠れた声でそう言い残し、栗梅は静かに瞼を閉じて動かなくなった。深い静寂が二人を包み込む。マツリは一瞬呆けた表情をした後、ふるふると体を震わせながら目を涙で潤ませていった。

「うぁ、ぁあっ、うわぁぁぁん……っ！」

おかあさまだけじゃなくて、おばあちゃんもいなくなっちゃった。

まだほんのりと温かい栗梅の体に寄り添って泣き喚く。少女の慟哭が、秋の夜空に響き渡る。とめどなく溢れる涙が、雨のように貘の体をぽつぽつと濡らした。

「こんなところでどうしたんだ、嬢ちゃん」

ふいに声をかけられて顔を上げると、見知らぬ妖怪たちがこちらを見下ろしていた。子供の泣き声が聞こえてきて、様子を見に来たのである。

マツリにとって、集落の外で妖怪と出会うのは初めてのことだ。驚きと緊張で暫し固まっていたが、「その婆さんは？　寝てるのか？」と優しい声で聞かれて我に返った。

「お、おばあちゃ、しんじゃった……っ！」

たどたどしく説明するマツリに、妖怪たちは表情を曇らせた。

「そうか……何があったかは分からんが、婆さんの分まで強く生きるんだぞ」

「びぇぇぇぇっ!!」

妖怪に優しく肩を叩かれ、マツリの涙腺が再び決壊する。

「ど、どうした⁉」

「おばあちゃんにも、おんなじことといわれたぁぁ！」

慰めの言葉が、むしろマツリの心を深く抉ってしまったのだ。

悲愴感漂う雰囲気の中、妖怪たちはひそひそと話し合っていた。

「このまま放ってはおけないよな。どうする？」

「とりあえず櫻葉に連れて行こう。あそこなら、婆さんのことも丁重に弔ってくれるだろ」

「だな。この子も保護してくれそうだし」

意見が一致したところで、数人がかりで獏の亡骸を運ぼうとするが重くて持ち上げるのが精一杯だ。そこで近くに置かれていた農家の台車を拝借し、そこに積載した。

「おばあちゃん、どこにつれてくの？」

「ホテル櫻葉って宿だ。美味しいご飯が食べられるぞ」

不安そうな表情で尋ねるマツリに、妖怪たちは多くを語ろうとしなかった。

◆　◆　◆

「申し訳ありません。うちは葬儀場ではありませんので、他を当たっていただけないでしょうか……？」

これまでホテル櫻葉には様々な相談が寄せられていたが、葬儀を頼まれるのは初めてである。櫻葉永遠子（とわこ）は、妖怪たちの申し出をやんわりと断った。夜勤スタッフから「妖怪の死体を持って来られた」と報せを受け、夕食を切り上げてロビーに飛んできたのである。

「流石に葬儀は無理だったか……」

「仕方ない。俺たちで弔ってやろう」

「今の時代は火葬が主流なんだっけか？」

妖怪たちが葬法について話し合う。彼らの会話を聞いていたマツリは、獏の亡骸を眺めていた時町見初（ときまちみそめ）に「かそーってなぁに？」と尋ねた。

「ええと……燃やすことなんだけど……」

主語を省略して、見初は説明した。

「……おくれ」

どこからかか細い声が聞こえた気がして、見初は「ん？」と周囲を見回した。

「やめておくれ……」

今度は先ほどより鮮明に聞こえた。もしかしてと身を屈め、獏の口元に耳を寄せてみる。

「アタシを燃やすのは、やめておくれ……」

「‼」

見初は驚きのあまり、一瞬呼吸が止まりそうになった。

「おーい、鈴娘。何か火をつけるものを貸しちゃくれねぇか？」

「落ち葉もたくさんあったほうが燃えやすいかもな」

火葬する方針を固めた妖怪たちが、着々と準備を進めようとしている。見初は両手をクロスさせながら、首を大きく横に振った。

「死んでない死んでない！　この妖怪まだ生きてます！」

見初の懸命な訴えが、広々としたロビーに響き渡った。

少女と獏は直ちに寮で保護することになった。獏が生きていると分かり、妖怪たちも安心した様子で台車を元の場所へ返しに向かった。

「ふぅ……大分楽になってきたねぇ」

一時間後。栗梅と名乗った獏は見初の部屋でほうじ茶を啜(すす)りながら、しみじみと言った。その腰には大きな湿布が貼られている。火々知(かがち)が手作りしたもので、複数の薬草と酒類を配合しているそうだ。おかげで室内には、強烈な薬気とアルコール臭が漂っていた。永遠子が換気のために窓を全開にする。

「あぅ……」

先ほど見初と普通に会話をしていたマッリは、見初が人間だと知るや否や、栗梅の背後に隠れてしまった。ずっと自分たちと同じ妖怪だと思い込んでいたらしい。

「マッリ、出ておいで。この人たちは優しい人間だよ」

「う、うぅ～……」

栗梅に促されても、なかなか出てこようとしない。どうしたものか。何か子供の気を引けそうなものはないかと、見初は戸棚の中をまさぐった。こういう時に限ってさきいか、サラミ、柿の種など渋いお菓子しか在庫がない。

すると永遠子が自分の部屋から、あるものを持ってきた。それを小皿に移し替えて、マッリに差し出す。

「はいどうぞ、マッリちゃん」

「……これなぁに？」

「マシュマロっていうお菓子よ。ふわふわしていて、とっても美味しいのよ」

「ましゅまろ……？」

マッリはおずおずとマシュマロに手を伸ばした。くんくんと匂いを嗅ぎ、ぱくんっと頬張る。

「ふわぁぁぁ……！　ふわふわしてて、あまいのっ！」

　空色の瞳が宝石のようにキラキラと輝く。が、すぐに悲しそうに俯いてしまう。

「しゅわしゅわって、なくなっちゃった……」

「もっと食べていいわよ」

「ほんと？　おねえちゃん、ありがとなの！」

　マシュマロに釣られて、マツリが栗梅の後ろからいそいそと出てくる。人間のお菓子に夢中になっている少女に目を向けながら、栗梅は口を開いた。

「……それで、さっきも話した通り、アタシたちはこの子の母親を探しに出雲までやって来たんだ」

「そしてギックリ腰で倒れてしまったと……」

　危うく焼き殺してしまうところだった。見初はさきいかをかじりながら、冷や汗をかいた。

「だけど、何も手がかりがないとなると、母親を探し出すのは難しいんじゃ……」

　永遠子が頬に手を添えながら苦言を呈すると、それまで笑顔だったマツリがむっと口をへの字にした。

「むつかしくないもん！　おかあさまみつけるんだもん！」

「そ、そうよね、ごめんなさい」

舌足らずの抗議に、永遠子は慌てて謝った。

「あ。今の時間だとバーに妖怪たちが飲みに来てますから、その人たちにマツリちゃんのお母さんのことを聞いてみるのはどうですか？」

「ばーってのは何だい？」

見初の提案に、栗梅が首を傾げる。

「簡単に言うと色んなお酒が飲めるお店です。人間だけじゃなくて、妖怪のお客様たちにも人気なんですよ」

「酒場みたいなもんかねぇ。アタシも何か飲んでもいいのかい？」

「もちろんです！」

栗梅が興味を示すと、見初は笑顔で頷いた。

「マツリも！　マツリもおさけのむの！」

「マ、マツリちゃんはお留守番してようね……」

いくら妖怪といえども、子供に飲酒はご法度(はっと)だろう。永遠子も「絶対ダメ」と口パクしている。それにこんなに幼い子をバーに連れて行くなんて、教育にもよろしくない。

しかしマツリを一人にしておくわけにはいかない。そこで見初は、助っ人を呼ぶことにした。

「女の子だ！　柚(ゆ)っちゃんよりちっちゃい！」

「私は雷訪で、こっちは風来ですぞ。よろしくお願いします」

見初の部屋にやって来た獣二匹に、マツリは「わぁっ！」と声を弾ませた。

「もふもふなのーっ！」

「グェッ」

マツリに強く抱き締められ、風来が呻き声を上げる。

「えっと……マツリちゃんのお守りよろしくね」

「お、お任せくだされ。……ところで白玉様は、どこに行かれたのですかな？」

「あれ？　そういえばさっきからいない……」

小さな子供がいの一番に飛び付きそうな白兎の姿が見当たらない。室内を探してみると、クローゼットの上で小刻みに震えている白い毛玉を発見した。

「し、白玉さん？」

「ぷぷぷぷぷ……」

何かに怯えているのか、呼びかけても下りてこようとしない。少し心配だが、見初は白玉を残して部屋を後にした。

飲むことより食べることのほうが好きな見初は、普段バーに訪れる機会が少ない。

レストランの片隅で夜の数時間だけ営業しており、キャンドルの仄かな明かりが店内を薄ぼんやりと照らす。カウンターでは、バーテンダーの十塚海帆が真剣な表情でカクテルシェイカーを振っていた。その音に耳を傾けながら客たちが静かにカクテルを飲んでいる。まさに大人の隠れ家のような風情だ。

「見初じゃん。こっちに来るなんて珍しいね」

見初に気付いた海帆が声をかけてくる。

「あ、いえ、私は付き添いで来たんです」

「ここが『ばー』ってところなのかい。落ち着いた雰囲気だねぇ」

見初の傍らにいた栗梅が興味深そうに店内を見回す。

「ん？　豚の妖怪？」

「豚……」

海帆の何気ない一言が、栗梅を傷付ける。見初は声を潜めながら説明した。

「海帆さん、豚じゃなくて獏ですよ！」

「あ、ごめん……」

しょんぼりと項垂れる栗梅を見て、海帆は素直に謝った。

この夜、訪れている客は全員妖怪のようだ。しかしカウンター席を利用している客は、へべれけに酔い潰れていて、話を聞けそうにない。テーブル席でちびちびとカクテルを飲んでいる集団に声をかけることにした。

「……つまりその、空から降ってきたっていう子の親を探してるってわけか。泣かせる話じゃねぇか」

「うう……なんて健気(けなげ)な子なんだ……」

見初が事情を説明すると、テーブル席はしんみりとした空気に包まれた。アルコールが入って涙もろくなっているのか、ぐすぐすと鼻を啜っている者もいる。

「それでその子のお母さんについて何か心当たりがあったら、教えて欲しいんですけど……」

すっかり湿っぽくなってしまった面々に、見初は本題を切り出した。

「急にそんなことを聞かれてもな。何か力になってやりてぇが……」

「いや、待たれよ。もしやその娘は『銀片族(ぎんぺんぞく)』の子供ではござらぬか？」

ジントニックを飲んでいた妖怪が口を開いた。

「ぎんぺん……族？」

初めて聞く種族だ。見初は客から分けてもらったチーズをつまみながら、復唱した。

「謎に包まれた種族故、拙者も詳しいことはよく分からぬ。しかし、どうやら小さな翼で空を飛ぶことが出来るそうでござるよ」

「小さな翼……」

見初は脳裏にマツリの姿を思い浮かべた。翼らしきものは生えていなかった気がするが、つなぎ服の下に隠されているのだろうか。

「銀片族か。アタシも名前は聞いたことがあるよ。空を飛んでいる最中に、うっかり子供を落としてしまったのかもしれないねぇ」

「何はともあれ、手がかりゲットですね」

「そうだね。感謝するよ、若いの」

栗梅が礼を述べると、妖怪は「礼には及ばぬでござる」と笑って返した。

「それじゃあ、そろそろ部屋に戻ります？」

「そうだね。あの狸と狐も心配だし……だけど、ちょいと一杯ひっかけて行こうかね」

栗梅は言いながら、カウンター席にちょこんと座った。見初もその右隣に腰かける。

「店主、何かおススメはあるかい？」

「うちの店は何でもおススメだよ。ちなみに、どんな酒が好き？」

「甘めの梅酒かねぇ。うちの集落のモンが、時たま作るんだよ」

「オッケー。そんじゃ、ちょっと待ってて」

海帆は栗梅の好みを聞くと、梅酒の瓶を取り出した。琥珀色の液体がとくとくとシェイカーの中に注がれていく。その爽やかな甘い香りに、見初の喉がゴクリと鳴る。

「み、海帆さん、私も同じものを……」

「梅酒は度数が高いから、見初にはキツいと思うよ。はい、これ飲んでな」

「あ、ハイ」

海帆が見初の前に置いたのはオレンジジュースだった。

「で、婆さんにはこれ」

「おや、いい香りだねぇ。こりゃ蜜柑(みかん)かい？」

カクテルグラスに注がれた梅酒に鼻を近付け、栗梅が尋ねる。

「当たり。梅酒って果物との相性がバッチリなんだよ。お茶割りなんかにしても、結構いける」

「いいことを聞いたよ。集落に戻ったら、試してみようかね」

二人の会話についていけず、見初はグビグビとオレンジジュースを飲んでいた。すると右隣から、啜り泣くような声が聞こえてくる。

「うぅ……どうして……俺はこんなに頑張ってるのに……ちくしょう、ちくしょう……」

酔い潰れた客が、くたびれたサラリーマンのような寝言を漏らしていた。

「……この人は何かあったんですか？」

「さあ……妖怪の世界にも色々あるんだよ」

海帆はどこか哀愁(あいしゅう)漂う口調で言った。

「ちょいと失礼」

梅酒カクテルを味わっていた栗梅がグラス片手に席を立ち、夢にうなされている妖怪の傍に行く。そして首から提げている煙管の先端を妖怪の頭に近付け、大きく息を吸い込んだ。

途端、妖怪の体から黒い靄のようなものが溢れ出し、その光景を見た見初はジュースを軽く噴いた。

「スゥウゥ……」

靄がみるみるうちに煙管の中へと吸い込まれていく。その合間に、栗梅はグラスを傾けた。

「ふぅ……悪夢を肴にして飲む酒は格別だねぇ」

「悪夢を食べてるん……ですか？」

見初が恐る恐る質問する。

「悪夢は獏の大好物でねぇ。夢は悪ければ悪いほど美味いんだ」

「そ、そうなんですか」

「だから獏にとっては、誰もが悪夢を見てくれる世の中が理想なんだよ」

「そんな悪の親玉のようなことを言われましても……」

このおばあちゃん、ちょっと物騒だな。悪夢を吸いながら酒を楽しむ栗梅を目の当たりにして、見初は密かに思った。

◆◆◆

「おばあちゃん、おかえりなのーっ！」

見初の部屋に戻る頃には、時刻はすでに午前0時を迎えようとしていた。しかしマツリは元気いっぱいな様子で、栗梅へと駆け寄ってきた。

「はぁ、はぁ……見初姐さんおかえり……」

「我々はもう……限界ですぞ……」

幼児の子守りを任されていた風来と雷訪は、ボロ雑巾のように横たわっていた。栗梅曰く、マツリたちが暮らす集落にはもふもふの妖怪がいないこともあってか、すっかり懐かれたようだ。

「二匹とも、ありがとう。今度コンビニで何でも買ってあげるから……！」

よくぞ自分たちが戻ってくるまで、耐えてくれた。見初は二匹を抱きかかえ、その健闘を称えた。ちなみに白玉は、未だにクローゼットの上でバイブレーションしていた。

「ぎんぺんぞく？」

見初がバーで得た情報を告げると、マツリはきょとんと首を傾げた。

「うん。それで、その銀片族が暮らしている山も、教えてもらったんだけど……」

見初はその先の言葉を言い淀んだ。

「見初様、どうしましたかな？」

「そ、それがですね……」

実はバーからの帰り際、銀片族について教えてくれた妖怪から忠告を受けたのだ。

『奴らの巣は、険しい山奥にあると言われているでござる。それ故に、辿り着くことは困難。最悪、命を落とす可能性もあるでござる。それでも行くと申すのなら、心して臨まれよ』

見初がその言葉を風来たちに話すと、室内はシーンと静まり返った。

「一気に雲行きが怪しくなりましたな……」

「心しても、死ぬ時は死ぬし……」

風来が縁起でもないことを呟いている。

「だから……えっとね、マツリちゃん。すごく言いにくいんだけど……」

「いく」

「えっ？」

「マツリ、ぎんぺんぞくにあいにいく！」

今の話を聞いていなかったのだろうか。鼻息を荒くしながら、マツリが決意を表明する。

「マツリちゃん!? 流石にやめておいたほうが……！」

「そうですぞ！　危険すぎますぞ！」

「死んじゃうかもしれないんだよ⁉」

見初と二匹が必死に説得するが、母親を思う子の意思は鋼のように硬い。

「それでもいくのっ！　おかあさまにあうんだもん！」

「こ、これは困りましたぞ……！」

「梅ばあちゃんも、マツリちゃんを止めてよー！」

風来に助けを求められ、栗梅は「仕方ないねぇ」と溜め息をついた。そして一言。

「アタシもついて行くとするかね」

「栗梅さん⁉」

制止するどころか同行する気満々である。

「つい数時間前までギックリ腰になってた人が何言ってるんですか！」

「アタシに何かあったら、山に梅酒を供えておくれ」

しかも既に覚悟を決めている。

この事態に、見初と二匹は部屋の隅で緊急会議を開いた。

「ど、どうしよう！」

「おばあ様とマツリ様だけで行かせるわけには行きませんぞ……！」

「マツリちゃんはともかく、梅ばあちゃんがヤバそう」

この時点で、見初たちの中では一つの解決策が浮かんでいたのだが、誰も言い出そうとしない。しかしこのままでは埒が明かないので、見初が沈痛の面持ちで言った。

「……私たちも一緒に行こう」

風来と雷訪はその言葉にコクン、と無言で頷いた。

◆◆◆

その翌日。寮の前には、上下ジャージ姿でランニングシューズを履いた見初が、死地に赴く戦士の表情で佇んでいた。その足元では風来と雷訪が「無事に生きて帰ってきますぞ」「うん」と声を掛け合っている。

ちなみに今回、白玉はお留守番だ。依然クローゼットの上から下りてこようとしないのだ。

「おねえちゃーん！　たぬきさん、きつねさーんっ！」

マツリが声を弾ませながら、ホテルの自動ドアから出てくる。その傍らには栗梅の姿があった。

見初は二人に向かって手を振ろうとして、「おや？」と動きを止めた。昨晩バーで飲んでいた妖怪たちも、ぞろぞろとホテルから出てきたのである。

「お、おはようございます。あの、後ろの方々は……？」

「アタシらと一緒に来てくれるそうだよ」

背後を振り返りながら栗梅が言った。

「婆さんたちだけじゃ心配だからな。俺たちもついていくことにしたんだ」

「道連れが増えましたな……」

雷訪が不穏な呟きを零した。

「よし、皆でマツリを銀片族の巣に送り届けるぞ！」

マツリを取り囲むように円陣を組み、見初たちは「おぉっ！」と勇ましい掛け声を上げた。

そして出発から数時間後。一行は銀片族が棲んでいるという山に到着した。標高も他の山に比べて低く、一見何の変哲もない小山にしか見えない。

「そんじゃ、中に入るぞ！」

先陣を切ったのは、先ほど円陣の音頭を取った妖怪だった。大股で山へと足を踏み入れる。

直後、どこからか飛んできた吹き矢が、妖怪の背中に突き刺さった。

「「ギャーッ！」」

風来と雷訪の絶叫が山中にこだまする。見初たちは、その場に崩れ落ちた妖怪の下へ駆け寄った。

「し、しっかりしてください！」

「死んではいけませんぞ！」

「ぐぅ……」

懸命に呼びかけても、小さな呻き声が返ってくるだけだ。見初たちが焦りを覚える中、妖怪の顔を覗き込んだマツリが驚いたように言った。

「おじちゃん、おねんねしてるの！」

おねんね？　見初が妖怪の顔に目を向けると、そこには安らかな寝顔があった。呻き声だと思っていたものも、ただの寝息だった。

どうやら吹き矢の先端に、眠り薬のようなものが塗られていたらしい。とりあえず命に別状はなさそうだ。

しかしほっとしたのも束の間、今度は無数の吹き矢が上空から雨のように降ってくる。

「は、走れーっ！」

誰かが発した号令に突き動かされるように、見初は風来と雷訪を脇に抱えて走り出した。

「うわーんっ！　怖いよ、見初姐さーん！」

「見初様、もっと早く走ってくだされー！」

「二匹とも黙って！　舌噛むよ！」

全力疾走で吹き矢の雨の中を駆け抜けていく。その間、弓矢から逃れられず、一人また一人と倒れていく妖怪たち。

「ぴょん、ぴょん、ぴょーんっ」

そんな過酷な状況の中、ただ一人マツリだけは軽い身のこなしで矢を避けながら、山道を駆け上っていた。

「マ、マツリちゃん、すごい……！」

「見初姐さんも、あんな感じに頑張って！」

「無理だよ！」

風来に無茶振りされ、見初は声を荒らげた。

吹き矢による迎撃が収まった頃、残っているのは見初と獣コンビ、そしてマツリだけとなっていた。

「あれ？　梅ばあちゃんがいないよ⁉」

「ま、まさか途中で脱落したのでは……！」

見初に抱えられたまま、風来と雷訪が周辺を見回す。

「すまないねえ。足が遅いもんで、ここまでくるのに時間がかかってしまったよ」

「栗梅さ――ギャッ！」

栗梅の体に大量の吹き矢が突き刺さっている。武蔵坊弁慶(むさしぼうべんけい)の最期を彷彿(ほうふつ)させる姿に、見初は思わず悲鳴を上げた。

「おばあちゃん、だいじょーぶ⁉」

マツリが心配そうに駆け寄っていく。

「少しチクッとして痛気持ちいいよ。それに、獏のアタシに眠り薬なんて効かないしね」

平然とした様子の栗梅とほぼ無傷のマツリを交互に見て、見初は思った。「私たち、ついてくる必要なかったかも」と。

しかしここまで来て、今さら引き返すわけにもいかない。頭上をチラチラと警戒しながら進んでいくと、微かに水の流れる音が聞こえてきた。

「……川？」

ぐにゃぐにゃと蛇のように曲がりくねった川に辿り着く。澄んだ水面が太陽の光を鏡のように反射し、まばゆい光を放っていた。

「あんたら銀片族の攻撃を掻い潜ってきたのか？　大したものだな……！」

岸に寄せて停められた筏の傍では、頭に頬被りをした妖怪が焼き魚を食べていた。

「私たち、その銀片族に会いたくてここまで来たんです」

「よせよせ。あいつらは縄張り意識が強くてな。外からきた奴らに容赦ないんだ」

妖怪は渋い表情で、手を左右に振った。しかし、その程度の忠告で止まるマツリではない。

「マツリ、かえんない！　おかあさまにあいにいくの！」

「お母……？　何のことか分からないが、そんなに行きたいっていうなら、巣の近くまで送っていってやるよ」

親指で筏を指しながら、妖怪が送迎を買って出る。

「おや、随分と気が利くねぇ。いいのかい？」

「俺は昔からこの山で暮らしていてな。奴らとも付き合いが長いんだ。さあ、これを被って筏に乗ってくれ」

妖怪が『安全第一』と太字で書かれたヘルメットを各自に配っていく。

「あ、あの……ライフジャケットとかはないんですか？」

嫌な予感がしながらも、見初が尋ねる。いくら頭部の防御を固めたところで、川に落ちたら一巻の終わりだ。

「そんなもん着ていても、川に落ちたらどの道死ぬから気にするな」

「はい⁉」

聞き捨てならない一言に、見初は耳を疑った。しかし妖怪はそれ以上何も語らず、一行を筏に乗せて出発したのだった。

筏が緩やかに川を下っていく。頬被りの妖怪曰く、銀片族の巣は下流付近にあるらしい。

「見てみて、見初姐さん！　綺麗な魚泳いでるよ！」

「あ、ほんとだ！」

風来に言われて水面にじっと目を凝らすと、宝石のような鱗を持つ魚たちが悠々自適に泳いでいる。

「そいつらは、この川にしか棲んでいない魚なんだ。見た目は綺麗だが獰猛な奴らでな。川に落ちたら、文字通り骨の髄まで食い尽くされるから気を付けろよ」

オールを漕ぎながら、妖怪が不穏な解説をする。この魚たちの牙は、鋼すらも噛み砕くほどの強度を誇るそうだ。先ほどの『どの道死ぬ』発言の意味が分かり、見初の背筋に冷たいものが走った。

「ぴゃっ！」

一陣の風が吹き荒れ、マツリが被っていたフードが外れてしまう。短く切り揃えられた黒髪が露わになった。

「大丈夫か、お嬢ちゃ……」

「フンヌッ」

妖怪がマツリのほうを振り向こうとした瞬間、栗梅は愛用の煙管でその顔面を思い切り殴り付けた。

「何してるんですか、栗梅さん！」

突然の暴力に、見初はぎょっと目を見開いた。

「すまないねぇ。つい、うっかり手が滑っちまったよ」

マツリに再びフードを被せながら、栗梅が釈明する。しかし見初には、偶然を装った犯行にしか思えなかった。

途中予期せぬアクシデントに見舞われながらも、筏は順調に川を下り続けていく。しかし、見初には一つ疑問があった。

「……さっきから、少しずつスピードが上がってません？」

川を下っているのだから加速していくのは当たり前なのだが、それにしても速すぎる。先ほどまでは子供の三輪車程度のスピード感だったのに、いつの間にか時速50キロくらいになっていた。

そしてついには、ジェットコースター並みの速度に突入した。

「ギャアアアアッ‼」

「わーいっ！　はやいはやーいっ！」

見初と二匹の絶叫と、マツリのはしゃぐ声が響き渡る。ちゃちな作りをした筏に掴まる場所などあるはずもなく、見初たちは栗梅にひっしとしがみついていた。

「もうすぐ検問所だっ！」

「蓮根状⁉」

この状況下で果敢にオールを漕ぎ続けていた妖怪が何かを叫んだが、よく聞こえない。

しかし程なくして、筏が突然ピタッと動きを止めた。川のせせらぎも、風の音も聞こえない。不気味な静けさが周囲を支配する。

だが次の瞬間、黒い物体が激しい水飛沫を上げながら水面から次々と飛び出してきた。

そして瞬く間に筏を包囲する。

「脆弱な人間と獣風情が、よくぞここまで辿り着けたものだ。その度胸と根性だけは褒めてやろう。だが、ここまでだ……」

腹に響くような野太い声と、敵意に満ちた眼差し。見初は小さく息を呑んだ。

「……こいつらが銀片族だ」

妖怪が水浸しの頬被りを外しながら、小声で言う。

「この人たちが……銀片族……っ！」

見初は、自分たちを取り囲む妖怪たちをまじまじと見た。

頭部から背中にかけて真っ黒な毛並み。しかしその腹部は、雪のように白い。

そして何よりも特徴的なのは、銀色に光り輝く嘴だ。太陽の光をキラッと反射している。

まるでペンギンのような見た目だ。いや、どこからどう見てもペンギンだった。

「ペンギンだっ！」

「銀片族だ、間違えるでないわっ！」

風来のツッコミに、目をクワッと見開いて怒声を上げている。

「我らを愚弄(ぐろう)するとは許せぬ。貴様ら、何用でこの山に立ち入った……答えによっては、その命ないと思え！」

「あ、あの私たち、この子のお母さんを探しに来たんです！」

恐ろしい形相で凄(すご)まれ、見初は背後からマツリの肩に手を添えながら言った。

「おかあさまに、あいにきたの！」

マツリも声高に主張する。すると銀片族は、無言で互いの顔を見合わせた。そして再びマツリへ視線を向ける。

「その子供は……我らとは似ても似つかない姿をしていると思うのだが」

「えーと……突然変異ですかね？」

見初の無理筋のある推論に、銀片族は「それはちょっと……」と言葉を濁した。それから、マツリに向き直る。

「少女よ……そなたの母親は、多分銀片族ではない。土産に松ぼっくりをくれてやるから、とっとと立ち去れ」

「やっ！　おかあさまのとこ、いくの！」

マツリが大きくかぶりを振ると、ペンギン集団はふぅ……と溜め息を零した。

「……ついてこい」

そう言って、こちらに背を向けてペタペタと歩き出す。見初たちも互いに頷き合い、その後を追いかける。

「気を付けていけよ～」

頬被りの妖怪は、ひらひらと手を振りながら見初たちを見送った。

鬱蒼（うっそう）とした茂みを掻き分けるように進んでいく。すると突然道が大きく開け、視界に澄み切った青空が飛び込んでくる。

見初たちが辿り着いたのは、切り立った崖の上だった。そしてその下に目を向けると、くすんだ緑色の苔に覆われた深い谷がある。

「ん？」

上のほうから鋭い風切り音が聞こえてくる。上空を仰ぎ見た見初は、我が目を疑った。

――バサバサバサッ‼

小さな翼を超高速で羽ばたかせながら、銀片族の大群が大空を駆けていた。あまりにも速すぎて、残像が見える。見初はぽかんと口を開け、呆然と立ち尽くしていた。

「本当に空を飛んで……おやっ⁉」

よく見ると結構の数が途中で力尽き、谷底へと落下している。一分も経たずに、銀片族の大群は半数にまで減少していた。

「我らは空を飛ぶことにより、体力を激しく消耗してしまうのだ。正直泳いだり歩いたりするほうが楽……」

次々と落ちて行く仲間たちを眺めながら、銀片族の一羽がぼそりと言う。一際(ひときわ)大きな体で、頭にちょこんと銀の王冠を載せている。恐らく彼が長なのだろう。

「だ、大丈夫なんですか、アレ⁉」

「心配はいらぬ。谷底は深い湖になっているのだ。……そしてその湖底こそが、我らが銀片族の棲み処」

そこで一旦言葉を区切り、銀片族の長はマツリへと視線を向けた。

「少女よ、そなたは我らのように空を飛ぶことは出来るか？　水中を縦横無尽に泳ぎ回り、呼吸をすることが出来るか？」

「んと……わかんない……」

淡々とした口調での問いに、マツリはたどたどしく答えた。力なく俯いてしまった少女をじっと見詰め、長は冷ややかに言い切る。

「そなたは銀片族ではない。よって、そなたの母親もこの地にはおらぬ」

「あぅ……」

マツリは顔を跳ね上げ、今にも泣き出しそうな表情で自分の服をぎゅっと握り締めた。

しかし長の言葉には、まだ続きがあった。

「……そなたの母親について、詳しく聞かせてみよ。何か分かることがあるかも知れぬ」

「ペンギンさん、やっさしい！」

「だから銀片族と言っておるだろうっ！」

風来の茶化しに、妖怪ペンギンは再びクワッと目を見開いた。

「ふむ。空から降ってきた、か……」

見初から事情を聞いた銀片族たちは、神妙な面持ちで暫し思案に暮れた。そしてそのうちの一羽が、おもむろに嘴を開く。

「……ならば、白雲族（はくうんぞく）の山に行ってみてはどうだ？」

「はくうんぞく？」

マツリは目をぱちくりさせて復唱した。

「その名の通り、雲の上に棲んでいる種族だ。外見もそなたのように、人間とよく似ている」

「ほんとっ？」

「我らは嘘をつかぬ。もしそなたが白雲族であれば、山頂に辿り着いた時に空へと続く階段が見えるはずだ」

穏やかな口調で語る銀片族。マツリの表情にも次第に明るさが戻っていく。

「マツリ……はくうんぞくのやまにいく！」

「その意気だよ、マツリちゃん！」

「ここまで来たら、我々もとことん付き合いますぞ！」

「たぬきさん、きつねさん、ありがとなの！」

風来と雷訪のエールに、マツリは元気よく頷いた。

見初はその様子を静かに見守っていた。しかしふと、皆から離れた場所に佇む栗梅が目に留まった。

「栗梅さん、どうしたんですか？」

何だか元気がないように見えて、見初は栗梅に声をかけた。

「ああ、何でもないよ。ただちょっと疲れて……」

栗梅の言葉を遮るように、マツリが「くしゅんっ」とくしゃみをした。

「む？　頭巾が濡れているではないか。渇くまで、外していたほうが……」

マツリの傍にいた銀片族が、フードを外そうとする。

「おっとごめんよ。体が勝手に」

ドンッ。栗梅がその銀片族に強烈なタックルを食らわせる。そして銀片族もろとも、崖から真っ逆さまに落ちて行った。

「栗梅さーーんっ!!」

本日叫び続けている見初の喉は、そろそろ限界を迎えようとしていた。

◆◆◆

あの後、栗梅は山の麓で発見された。落下した際、生い茂った木がクッションとなり、奇跡的に無傷で済んだらしい。

「やれやれ。また腰を痛めるところだったよ」

「腰どころか、命を持って行かれるところでしたよ！」

危機感の欠片もない発言に、見初は鬼気迫る表情で声を張り上げた。

栗梅の生存が確認出来たところで、見初たちは次なる目的地へ向かう。

白雲族の山は、先ほどとは打って変わって平和な山だった。

山に入った瞬間攻撃されることもなければ、獰猛な生物に警戒する必要もない。死と隣り合わせの川下りをすることもない。

そして何の苦もなく、山頂に辿り着いたのだった。

「あれ？　あそこに何かある！」

なだらかな広い台地の中央に、二本の門柱に切妻屋根を載せただけの簡素な門扉が、ぽつんと置かれている。銀片族によると、白雲族であれば、あの門の向こうに空へと続く階段が見えるのだという。

「……マツリちゃん」

見初はチラリと少女へ視線を移した。

眼前に聳(そび)える門扉を、ぼんやりと見上げるマツリ。その表情は、少女の目に階段が映っていないことを如実に物語っていた。

「おかあさま……」

透き通るような青い空に向かって、マツリが弱々しく呟く。

「どして……？　どうして、あえないの……？」

空色の瞳が涙で濡れ、幼い声が悲しみで震える。嗚咽(おえつ)が徐々に大きくなり、目尻からもポロポロと涙が溢れ出す。

「うわぁぁぁぁん……っ！」

見初たちは、張り裂けそうな声で泣き叫ぶマツリに寄り添うことしか出来なかった。

「すまないねぇ、鈴娘さんや」

「いえ。このくらい気にしないでください」

泣き疲れたマツリを背負いながら、見初は山道を下っていた。すうすうと、小さな寝息が聞こえてくる。

「……これで、振り出しに戻ってしまったね」

栗梅が目を伏せ、ぽつりと言葉を零す。

「だ、大丈夫だよ。きっと見付かるって！」

「気を落とすのは、まだ早いですぞ！」

二匹の気休めの言葉に、栗梅は少し間を置いて「そうだねぇ」と短く相槌を打った。

下山した頃には、既に辺りは薄暗くなっていた。外灯の人工的な明かりが、コンクリートを照らしている。

「むにゃ……？」

ホテルへの帰路に就いている途中で、マツリが目を覚ました。目を擦りながら、ふわぁと欠伸をしている。

「あ。マツリちゃん、もう少し寝ててもいいよ。ホテルに着いたら起こしてあげる」

「ううん、マツリもみんなとあるくの！」

マツリが見初の背中から、ひらりと飛び下りる。相変わらずの身体能力だ。見初が感心していると、マツリは「むぅぅ……あっついの！」と今まで被っていたフードを外し、ぷるぷると首を左右に振った。

途端、栗梅がはっと息を呑んだ。

「いけないよ、マツリ。早く頭巾を被って……」

栗梅の言葉を遮るように、どこからか悲鳴が上がった。

「ど、どうして、そいつがこんなところに……っ！」

通りすがりの妖怪が、驚愕の表情でマツリの背中を凝視している。しかしその顔はみるみるうちに険しくなっていき、妖怪は足元に落ちていた石を拾うと、それをマツリ目がけて投げ付けた。

「マツリ……！」

石は、咄嗟にマツリの前に躍り出た栗梅の体に命中した。

「おばあちゃん！」

マツリが悲鳴にも似た声を上げる。

「コラーッ！　女の子に石を投げるな！」

「最低ですぞ！」

憤慨する二匹だったが、妖怪は怯むどころかマツリを指差して叫んだ。

「テメェらこそ、何でそのガキを庇うんだよ！　そいつはあいつらの生き残りだぞ！」

「へ？　生き残り？」

「ややっ。もしやあなたは、マツリ様のご両親について何か知っているのでは……」

雷訪が疑問を口にすると、マツリは瞠目して妖怪を見た。

「そんなもん知るかよ。どうせ、どこかで野垂れ死んでんじゃねぇのか」

妖怪は口汚く吐き捨てると、足早にその場から離れていった。

◆◆◆

月明かりが綺麗な夜だった。真っ暗な客室の中、栗梅はベッドの上で夜空を静かに眺めていた。そして時折、傍らで小さな体を丸めて眠るマツリを見る。少女の瞼は泣きすぎて、赤く腫れていた。

「お邪魔します。……マツリちゃん、大丈夫ですか？」

数回ノックしてから部屋に入った見初は、心配そうに少女の寝顔を覗き込んだ。

「ああ、ぐっすりと眠っているよ。この子はねぇ、眠ることが好きなんだ。夢の中でなら、母親に会えるからね」

「そうなんですか……」

「よかったら、話し相手になってくれないかい？　マツリが早く寝てしまって、少し暇だったんだ」

栗梅に促され、見初はその隣に腰を下ろした。夜空を見上げると、半分ほど欠けた月が淡い光を放っていた。

「……ちょっとした話なんだけどね」

そう前置きして、栗梅は語り始める。

「この子は、かつて滅んだ種族の末裔（まつえい）なんだよ。ほら、これがその証拠さ」

長い鼻を器用に使い、マッリのフードをそっと外す。

露わになったうなじには、少女の瞳と同じ色をしたたてがみのようなものが生えていた。

見初は数時間前の出来事を思い返す。マツリに石を投げてきた妖怪はこれを見たのだろう。

「その種族は、他の妖怪からも忌み嫌われるほど狡猾で残忍な奴らでねぇ。人里から女子供を攫って、なぶり殺すこともあったんだよ。そして最後には、事態を重く見た陰陽師たちに祓われてしまった。天罰が下ったって言う奴もいたよ」

栗梅は深く息をつき、言葉を継いだ。

「マツリの母親は、穏やかな気性だったんだろうね。他の連中のように陰陽師に立ち向かおうとせず、まだ赤ん坊だった我が子を抱えて命からがら逃げ出したんだ。だけど追っ手に追いつかれそうになって、一か八かであの子を崖の上から落としたんだ」

「そんな……」

「ちょうどその時、通りかかったアタシの上に落ちてきたんだよ。それが原因でアタシは腰痛持ちになって……二百年くらい前のことだったかねぇ」

「ん？　二百年？」

見初は思わず聞き返した。

「長命な種族なんだよ。ああ見えて、うちの集落では古株のほうさ」

「ということは、マツリちゃんは今……」

「推定三百歳くらいかねぇ」

「江戸時代生まれだったんですね」

古株も古株。超古株だった。マツリさん、と呼ぶべきだろうか。

「大分昔のことだからね。そんな種族がいたことを知らない若い衆も多いよ。集落でもマツリの正体を知っているのは、アタシを含めてごく一部さ。あの白い子は、本能的に感じていたようだったけどね」

白玉のことだろう。あれはマツリに対して、ずっと怯えていたのだ。

「マツリちゃんにこのことは……」

「あの子がもう少し大きくなったら話すつもりだよ。まあ、当分先になるだろうけどね」

栗梅はマツリに視線を落としながら言う。

「まだ赤ん坊だったマツリに、母親の記憶はないよ。だけど自分が見たもの、聞いたものを無意識に覚えているんだろうねぇ。あの子は毎晩のように、悪夢を見ていたんだ」

「悪夢？」

「同胞たちが滅ぼされる夢さ。ありゃ酷いもんだったねぇ。陰陽師に恨みつらみを吐きながら、祓われていくんだよ。そして夢の終わりには、母親が出てくるんだ。薄暗くて顔はよく見えないんだけどね。マツリって呼ぶ声がとっても優しくてね。崖から落とす時も、守れなくてごめんなさいって何度も謝っていたよ。……だからねぇ、アタシはあの子に母親の夢を見せることにしたんだ。せめて夢の中だけでも、あの子が幸せになって欲しくて」

栗梅の語尾が徐々に弱まっていく。

「あんたたちにも、迷惑をかけたねぇ。アタシが本当のことを言ってれば、あんな危険な目に遭わなくて済んだのに」

「まあ、慣れてますから。気にしないでください」

見初は笑いながら答えると、一瞬間を置いて言葉を継いだ。

「……でも私は、マツリちゃんに本当の夢を見せるべきだと思います」

「それであの子が悲しむことになってもかい？」

「はい」

栗梅の問いかけに、見初は頷いた。

「だってこのままだとマツリちゃん、ずっとまやかしのお母さんを探し続けることになりますよ。それに昔のことを思い出せば、お母さんのことも何か分かるかもしれませんし」

「…………」

栗梅からの返答はなかった。見初は悲しそうに項垂れる獏の体を優しく撫でた。

「マツリちゃんのお母さん、どこかで生きてるといいですね」

「……そうだといいんだけどねぇ」

栗梅は祈るように窓の外の月を見上げた。

殺してやる。

誰かがそう叫びながら、消えていった。

死にたくない。

誰かがそう泣き喚きながら、消えていった。

悲鳴と怒号が飛び交う中、誰かがマツリを抱きかかえて野道を駆ける。その細い腕は小刻みに震えていた。

『マツリ、大丈夫よ。怖くない、怖くないからね……』

誰だろう。とても大切な人だった気がする。煌々(こうこう)と燃え盛る炎が、一瞬だけその顔を照らした。

優しい眼差しで微笑んでいる。マツリが泣きじゃくる度に、いつもその笑顔であやしてくれた。

その笑顔から流れた涙が頬を伝って、マツリの額にぽつんと零れ落ちた。

何で泣いてるの？

どうして悲しいの？

いつも一緒のはずなのに。

お願い、泣かないで。

手を伸ばして、頬に触れようとする。

おかあさま。

自分を慈しみ、大切に育ててくれた大好きなおかあさま。

やっと、思い出せた。


目を覚ますと、窓から差し込む月の光が室内を淡く照らしていた。目を擦りながら、明るい夜空を見上げる。

「おばあちゃん、いってきますなの」

傍らに視線を移すと、栗梅が穏やかに寝息を立てている。小さく上下する体に頬擦りをしてから、マツリは音を立てないように部屋を抜け出した。

「……ごめんよ、マツリ。でもこれが、きっとお前のためになるから」

遠ざかっていく足音を聞きながら、栗梅は掠れた声で呟いた。


間接照明で薄ぼんやりと照らされた通路を進み、ホテルの外に飛び出すと、どこからか虫の音色が聞こえてくる。マツリはたった今自分が出てきた建物を見上げると、まるで獣のように四つん這いになって外壁を一気に駆け上がった。

屋上に辿り着き、墨色の夜空を仰ぎながら遠吠えを上げる。誰に教わったわけでもなく、本能によるものだった。

仲間を求めるその咆哮(ほうこう)は、どこまでも遠くへと響き渡る。そしてマツリに応えるように、別の遠吠えが風に乗って微かに聞こえた。

「！」

途端、マツリは弾かれたように屋上から飛び降りた。遠吠えがした方角へ、脇目も振らず駆け出す。

早く、早く会いに行かなくちゃ。逸(はや)る気持ちを抑え切れず、一心不乱に走り続ける。次第に呼吸が苦しくなってきた。肺が悲鳴を上げている。

それでもマツリが足を止めることはない。熱くなってきて、途中でフードを外した。

そして再び遠吠えを上げる。

すると先ほどよりはっきりと何者かの遠吠えが返ってきた。

もう少し、もう少し。

「はぁっ、はぁっ……」

しかし空が白み始めた頃、とうとう限界を迎えてその場に座り込んでしまった。立ち上がろうにも、両足に力が入らない。指の爪も割れて、血が流れている。痛みと苦しみで、マツリは幼い顔を歪めた。

「うぅっ、うぅ〜……っ！」

涙を零さないように、唇をぎゅっと噛み締めて堪える。やっと、やっと母に会えるかもしれないのだ。だから泣いちゃダメ、と必死に自分に言い聞かせる。

「……マツリ？」

懐かしい声に、マツリはぴくりと反応した。はっと息を止め、恐る恐る振り返る。

艶やかな黒髪の女が肩で息をしながら、驚いたような表情で立ち尽くしていた。マツリの遠吠えを聞いて、声がした方角へ向かっていたのだろう。

自分と同じ空色の瞳に、マツリは呼吸を弾ませた。夢の中で泣いていた人が、目の前にいる。

この人がきっと。

「おかあ……さま……」

そう呼ばれて、女も自分の娘だと確信する。女は我が子へ駆け寄ると、その小さな体をひしと掻き抱いた。

「マツリ、マツリ……！　生きていてよかった……！」

自分を包み込む体温は温かく、涙に濡れる声は優しい。

「おかあさ……うわぁぁぁん……！」

泣かないように我慢していたのに、感情が抑え切れない。マツリは母親の胸に顔を埋めながら、わんわんと泣き声を上げた。

◆◆◆

ホテル櫻葉に妖怪の集団が押しかけて来たのは、マツリが深夜のうちに姿を消してから一週間後のことだった。

「先日はうちのモンが世話になりました」

彼らは、マツリと栗梅が暮らす集落の仲間たちだった。深々と頭を下げ、平たい木箱を差し出してくる。受け取った見初が蓋を開けると、仕切られた箱の中に形のよい松ぼっくりが収められていた。お礼の品らしい。

しかし彼らの話はまだ終わらない。少し気まずそうな様子で本題を切り出した。

「その……マツリがいなくなって以来、婆さんが塞ぎ込んじまってよ」

「栗梅さんが？」

「ずっと巣穴に引きこもって、悪夢も食べようとしなくてさ。困った時はホテル櫻葉に相談すればいいって、他の集落の奴らに聞いたんだ」

「そ、そんなことを言われましても……」

とはいえ、見初も栗梅のことがずっと気がかりだったのだ。マツリがいなくなった翌朝、栗梅はホテルを去って行ったのだが、あの寂しそうな後ろ姿が忘れられずにいた。栗梅曰く、マツリは本当の母親を探しに行ったのだという。

仕事を早めに切り上げ、見初は彼らの集落に赴いた。

「あ、ほら。あれが婆さんの巣穴」

大樹の根元にぽっかりと開いた黒い穴。その周囲には、大量の酒瓶が並んでいた。集落中の梅酒を巣穴にしまい込み、酒浸り(さけびた)りの日々を送っているらしい。

「このままだと、婆さんがアル中になっちまうよ」

それはまずい。見初は早速巣穴に近付いていった。

「栗梅さーんっ！」

呼びかけてみるが返事がない。それに酒臭い。現在進行形で一杯やっているのか、ごくごくと嚥下(えんげ)する音が聞こえてくる。

「……これは結構まずいかもしれませんね」

力なく首を横に振る見初に、妖怪たちがざわつく。

「そ、そんな……！」

「お宅の宿で何とか出来ないのか⁉」

何とかと言われても、ホテル櫻葉は更生施設ではないのだ。

どうしたものか。皆で腕を組みながら、問題の打開策を練っている時だった。

――バサバサバサッ！

遠くから鳥の羽ばたき音が聞こえてきた。一同は「ん？」と上空を仰ぎ、絶句した。青空を覆い尽くす黒い影。夥しい数の銀片族が、集落へと迫ってくるではないか。

ペタペタペタッ！　途中で力尽きて地上に落下した個体も、凄まじい速度でこちらへと向かってくる。

さらに川からも次々と上陸してくる大勢の銀片族。

「て、敵襲っ！　敵襲ーっ！」

この集落始まって以来の危機に、妖怪たちが右往左往する。カンカン、とけたたましい警報の音が鳴り響く。

とんでもない時に来てしまったと、見初は愕然としていた。が、すぐに我に返って巣穴に両手を突っ込んだ。

「うぐぐっ！」

長い鼻をがっしりと掴み、何とか引っ張り出そうとする。周りの妖怪に「何してんの⁉」と止められても、緊急事態なのだ。手段を選んでなどいられない。

「やめておくれ……鼻がもげる……」

巣穴から栗梅がひょっこりと顔を出す。

「栗梅さん、早く逃げましょう。この集落は今、銀片族の襲撃を受けようとしています！」

「そうかい……だったら、アンタたちだけで逃げておくれ。アタシはここに残るよ」

「な、何言ってるんですか。栗梅さんに何かあったら、マツリちゃんが悲しみますよ」

「あの子は、ようやく本当の母親のことを思い出したんだ。もうアタシのことなんて、忘れちまってるよ……」

見初の懸命な訴えも、今の栗梅には届かなかった。

「そんなことありませんよ！　きっとマツリちゃんだって……」

「おばあちゃーんっ！」

「ほら！　栗梅さんを呼んで……えっ？」

幻聴かな。見初は再び空を見上げる。よく見るとペンギン軍団は、小さな籠のようなものを輸送していた。その中に乗った少女が、こちらに向かって大きく手を振っている。

「マ……マツリ⁉」

酔いが一瞬で覚めた栗梅が、慌ただしく巣穴から出てきた。他の妖怪もマツリの存在に気付き、空を指差している。

そしてマツリを乗せた籠は、見初たちの前にゆっくりと着地した。

「おばあちゃん、みんなっ！　ただいまなのーっ！」

マツリは籠から下りると、真っ先に栗梅に抱き着いた。

「マ、マツリちゃん、お母さんを探しに行ったんじゃ……」

「うんっ！　おかあさまにあえたから、かえってきたの！」

困惑する見初に、マツリが笑顔で答える。

「ふぅ……はぁ……この少女が我らの山に迷い込んできてな……集落までの帰り道が分からず困っていたので、こうして送り届けてやったのだ」

息を切らしながら銀片族の長が言う。他の銀片族たちも息切れを起こして、地面に横たわっている。

「普通に歩いてくればよかったのでは……？」

「空から見下ろさないと……ひぃ、ふぅ……集落の場所が分からないと言うのだ。なので……交代であちこちを飛び回って探し……ゴホッ、ゴホッ」

「お、長。もう何も喋らなくていいですから……」

苦しそうに噎せる長の背中を見初が優しく擦る。

「……マツリ、アンタ母親と暮らすんじゃなかったのかい？」

栗梅が問いかけると、マツリは空色の目を丸くした。

「どうして？」

「どうしてって……」

問い返されて、栗梅は言い淀んだ。すると呼吸の整ってきた長が栗梅に言う。

「母親に再会しても、初めからここに帰ってくるつもりだったのだろうな」

「………」

　そんなこと考えてもみなかった。長の言葉に呆然としていると、マツリが無邪気に話しかけてくる。

「あのね、おかあさまいってたの！　こんどおかあさまから、あいにきてくれるって！」

「そうかい。それはよかったねぇ……」

　鼻で頭を撫でられてマツリがくすぐったそうに微笑む。その姿に栗梅は、小さな目にみるみる涙を溜めていった。

第二話　師匠

　青々と生い茂っていた木の葉が鮮やかに色付き始める十月半ば。とある山中の渓流で、一人の妖怪が釣りに没頭していた。

「うむむ……」

　岩の上に佇み、水中に垂らした釣り糸をじっと凝視する。釣りのコツは待つことだ。心を無にして、獲物がかかるのをひたすら待つ。頭から生えた犬の耳にトンボが止まろうが、無視を貫く。

　それがこの空木の釣り流儀だった。

「そぉい！」

　糸の僅かな振動を察知し、空木は竿を大きく上げた。すると白い水飛沫を上げながら、川魚が水面から飛び出してくる。

　本日釣れた中では、一番の大物だ。慣れた手付きで釣り針を外し、傍に置いていた桶へ放り入れた。狭い容器の中で、逃げ場を失った魚たちがぐるぐると円を描くように回っている。

　空木はうんうんと満足げに頷き、桶を抱えて駆け出した。そして近くで焚火をしている妖怪に呼びかける。

「師匠！　本日は大漁ですよ！」

師匠と呼ばれたのは、小柄な三毛猫の妖怪だった。黒、白、茶の三色の毛色を纏い、薄墨色の甚平を身に着けている。その右目は黒い眼帯で隠されており、額には鋭い傷痕が走っていた。

「ほぉ～、大したもんじゃな」

桶の中を覗き込み、師匠は感心したように言った。

「それじゃ、飯にするかのぅ」

「はいっ！　俺にお任せください！」

空木は元気よく返事をすると、川魚の下処理に取り掛かった。包丁で腹を捌いて内臓を取り出し、川の水で手早く血の汚れを洗い流す。そして表面に軽く塩をまぶし、串に刺して焚火の傍に突き立てた。

「……しかし、たまにはゆっくりと羽を伸ばしたいもんじゃのぅ」

魚が焼けるまでの間、赤々と燃える焚火を眺めながら、師匠がぽつりと呟いた。

「そうですね……」

魚の焼き加減を確認していた空木は、静かに相槌を打った。いつ終わるかも分からない長い旅路だ。たまには休息を取ることも大事だろう。そこまで考えてから、以前聞いたことのある噂話を思い出す。

「でしたら、出雲（いずも）のホテル櫻葉（さくらば）とやらに行ってみませんか？」

「ほてるさく……すまん、ワンモアプリーズ」

空木の提言に、師匠は首を傾げながら催促した。

「ホテル櫻葉、です。人間だけでなく、妖怪や神も泊まることの出来る宿だそうですよ。豪華な食事とふかふかのベッドを楽しめると聞きました」

「食事とベッド……ふむ、漫画は読めるかのぅ？」

師匠の関心はそこだった。

「それは分かりませんが……しかし様々なサービスを受けられるとのことです。きっと漫画も完備されているでしょう」

「それじゃ、行ってみるかのぅ」

「はい！　あ、師匠！　魚が焼けました！」

話が纏まったところで、空木は串を引き抜いて師匠に差し出した。

その数日後。師匠と空木は、予定通りホテル櫻葉を訪れていた。

秋晴れの空の下、彼らの目の前に聳（そび）え立つ巨大な建物。本当に妖怪も泊まることが出来るのだろうかと、空木は疑問を覚える。妖怪を快（こころよ）く思わない陰陽師たちによる罠という可能性もあるのだ。ここは慎重に行くべきだろう。

「何しとるんじゃ。早く中に入るぞぃ」

空木に一声かけながら、師匠が自動ドアを入っていく。流石は師匠、恐れというものを知らない。その大胆不敵さに敬意を抱きつつ、空木も館内に足を踏み入れた。

「それでは、こちらにご記入をお願いします」

永遠子は三毛猫の妖怪の前にしゃがみ込み、宿泊カードと黒いボールペンを手渡した。そして右目を覆う黒い眼帯が、何とも印象的だった。ちなみに背丈は、風来や雷訪とさほど変わらない。

大分年を召しているのか、毛並みにツヤがなく、鼻の横から生えたヒゲも縮れている。そ
「なになに……宿泊カードとな」

「はい。まずこちらの欄に、お名前を記入していただけますか？」

永遠子が氏名欄を指差しながら説明する。

「名前を……記入……」

そう呟いたきり、三毛猫妖怪はピタリと動きを止めてしまった。ただ時間だけが過ぎ去っていく。

「失礼ですが、お名前をお書きになったことはございますか？」

人間と異なる暮らしをしているのだ。自分の名前の書き方を知らない妖怪は少なくない。

なので特に深い意味もなく、永遠子は尋ねたつもりだった。

しかしその問いは、三毛猫の背後に控えていた妖怪の怒りの導火線に火をつけた。

「師匠をバカにするなぁっ!!」

頭から犬耳を生やし、三毛猫とお揃いの甚平を着たその妖怪は、２メートル近くの長身だった。大柄な巨体から発せられた怒声が、ロビーに響き渡った。

「ぶ、不躾なことをお聞きしてしまい、失礼いたしました」

すぐに謝罪を述べる永遠子だが、犬耳妖怪の気は収まらない。

「謝って済む問題と思うな！　師匠を侮辱することは、この俺が許さ――」

「のぅ、空木や。ワシらの名前って、どういう字じゃったかのぅ。忘れてしもうたわい」

「名前を書く機会など、滅多にありませんからね。忘れるのも無理はありません。こちらは俺が書きましょう」

空木と呼ばれた妖怪は、目にも留まらぬ速さで宿泊カードを書き上げると、荒々しく永遠子に突き返した。氏名欄には丸みを帯びた小さな文字で『空木』、『師匠』と記されていた。呼び名ではなく本名を書いて欲しかったが、「師匠は師匠だ!!」と怒られそうなので、永遠子は話を進めることにした。

「ご記入ありがとうございます。本日お泊まりいただく部屋ですが……」

「師匠が泊まりに来てやったのだぞ。一番高い部屋を使わせろ」

空木が高圧的な態度で主張する。

「泊まれるなら、どこでもいいんじゃがのぅ」

「……だそうだ。師匠の温情に感謝しろ」

「ありがとうございます。それでは、302号室にご案内いたします」

師匠のお言葉に甘え、永遠子はちょうど空室になっていた部屋を選んだ。

「まさか本当に泊まれるとはのぅ」

「師匠！　後で肩をお揉みします！」

彼らはどういった関係なのだろう。一部始終を見ていた見初は、怪訝そうな顔をしていた。

謎の師弟コンビがチェックインした一時間後。続いてやって来たのは、臙脂色の道着を着た単眼の妖怪だ。先ほどの空木をも超える長身で、その体は分厚い筋肉に覆われている。

宿泊カードの氏名欄には、力強い筆跡で『玄信』と記入されていた。

「それでは、301号室にご案内いたします」

「うむ。かたじけない」

玄信は深く腰を折った。どこぞの犬耳妖怪とは違い、しっかり礼節を弁えている。

「しかし人間以外も宿泊出来る宿とは……旅の途中に、よい場所を見付けたものよ」

「旅？」

見初が何気なく反応すると、玄信は「左様」と頷いた。たった今まで穏やかだった表情が、次第に険しくなっていく。一つしかない眼は充血して、真っ赤に染まっていた。

「ある妖怪を探しているのだ。……あの者には何としてでも、落とし前をつけてもらわなければな」

「は、はぁ……」

何やら不穏なものを感じ、見初はそれ以上詮索しようとはしなかった。

「……何か今日は妙な客ばっかり来るな」

遠い目をした椿木冬緒がぼそりと呟いた。

その後は特に変わった出来事もなく、本日も迎えた終業時間。夜間スタッフと入れ替わる形で、見初たちはフロントから離れようとしていた。

「待て待て待てぃっ！」

「ひぃっ」

突如三人の前に、空木が両手を広げて立ちはだかった。師匠ファーストの男の登場に思わず身構える見初だが、空木はそれに構わず話を切り出す。

「この宿には、様々な妖怪が訪れるそうだな？」

「え？　ええ、そうですが……」

質問の趣旨が掴めず、永遠子は歯切れの悪い返事をした。その返答に空木はいよいよ本題に入った。

「それなら話が早い。実は俺たちは、師匠の宿敵を探して旅を続けているのだ」

宿敵？　見初は無言で冬緒や永遠子と顔を見合わせた。よぼよぼの猫老人が、三人の脳裏に思い浮かぶ。

見初たちとの温度差を無視して、空木は淡々と語る。

「数年前、師匠は夕食の準備をしている俺を残し、ある妖怪との決闘に赴いた。そのことに気付き、俺が急いで駆け付けた時には、相手は既に立ち去っていくところだった……」

「えっ、師匠負けちゃったんですか？」

見初が問うと、空木は歯茎を剥き出しにして吠えた。

「負けてなどいるか、口を慎め小娘！　引き分けだ、恐らくっ！」

「恐らく⁉」

一番肝心なところで、適当な答えが返ってきた。

「だが師匠は、その場で決着を付けるつもりだったのだろう。奴を追いかけようとして……突然転倒してしまった。額に刻まれた傷は、その時に出来たものだ」

そこで言葉を区切り、空木はぎりっと奥歯を噛み締めた。

「……あの妖怪は真っ向から挑んでも勝てないと悟り、罠を仕掛けたのだ」

「卑劣な手を使って、師匠に傷を負わせるとは……許すまじ！」

冬緒が冷静に指摘しても、空木の耳には届かなかった。拳を握り締め、怒りに打ち震えている。

「ええと、つまり？　お二人が探しているのって、その決闘相手なんですか？」

「ああ、そうだ。師匠は今も奴との決着を望んでいるのだろう。そしてこれが、俺が作成したその妖怪の似顔絵だ」

空木が懐から折り畳まれた紙を取り出し、見初に手渡す。見ろ、ということだろう。見初が渋々紙を広げると、そこには精巧なタッチで宿敵の顔が正面、側面、背面の３パターンで描かれていた。

そして強い意志を感じさせる単眼と目が合う。

数時間ほど前、落とし前云々と物騒なことを言っていた妖怪と酷似している。

というより、恐らく本人だ。

「…………」

見初は何も言わず、紙を素早く折り畳み始めた。見初の脇から似顔絵を覗き込んでいた冬緒と永遠子も、真顔で黙り込んでいる。

「その者に見覚えはないか？」

「いえ。お力になれず、申し訳ございません」

見初はしれっと嘘をつきながら、紙を空木に返した。

「そうか。だがもし奴がこの宿にやって来ることがあれば……その時は分かっているな？」

「は、はい。お二人にすぐお知らせします」

ギロリと睨まれ、見初は背筋を正して答えた。

「当然だ。……では俺はこれで失礼する。そろそろ師匠のマッサージの時間だ」

似顔絵の紙を懐にしまいながら、空木が客室へと戻っていく。その後ろ姿が見えなくなったところで、見初は重い口を開いた。

「もしかしなくても、玄信様が探してる妖怪って……」

「師匠でしょうね。しかも隣同士の部屋にしちゃった……」

重苦しい雰囲気が三人を包み込む。

「まずくないですか？　せめて部屋だけでも遠ざけておいたほうが……」

その場しのぎの提案をする見初だが、永遠子は深刻そうな表情で首を横に振った。

「無理よ、見初ちゃん。今、他に空いてる部屋がないの」

「で、でも、玄信様に見付かったら、師匠瞬殺されちゃいますよ」

グロテスクな光景が見初の脳裏に浮かぶ。

「……だけど、あのでかい妖怪の師匠なんだろ？　実は強いんじゃないのか？」

「そうかなぁ……」

冬緒が希望的観測を述べるが、見初の不安は解消されない。自分の名前すら書けないようなポンコツ猫に、いったい何が出来るというのか。多分、風来と雷訪にすら負けると思う。

あの空木という妖怪も「師匠、早く本気を出してください！」と応援するばかりで、見殺しにしそうな予感がする。

「……うちのホテルは殺傷沙汰は厳禁よ」

永遠子の声から、強い緊張感が伝わってくる。

「何が何でも、二人を会わせないようにしなくちゃ。見初ちゃん、冬ちゃん、いいわね？」

永遠子の呼びかけに、見初と冬緒はコクリと頷いた。

「だけど、具体的にはどうするんですか？」

「任せて。私にいい考えがあるわ」

見初が尋ねると、永遠子から心強い答えが返ってくる。三人がホテルを出ると、庭掃除を終えたばかりの風来と雷訪の姿があった。

「はーっ！　終わった終わったぁ！」

「美味しい夕食が我々を待っていますぞー！」

二匹とも嬉々として、寮へ駆け込もうとする。しかしその矢先に、永遠子に「風ちゃん、雷(らい)ちゃん」と呼び止められた。

「ん？　永遠子姐(ねえ)さん、どしたの？」

「明日から、あなたたちに頼みたい仕事があるの」

「我々にですかな？」

「ええ。このホテルの命運がかかってるわ」

とことこと近付いてきた二匹に、永遠子はにっこりと微笑む。その目は笑っていなかった。

◆　◆　◆

その翌日の早朝。302号室には、風来の姿があった。

「俺たちの世話係だと？」

「う、うん！　ごはんの準備や売店での買い物はオイラに任せてよ！」

空木に訝(いぶか)しげな眼差しを向けられ、風来は早くも気まずさを感じていた。師匠や空木がレストランや売店で玄信と鉢合わせするのを防ぐため、世話係に任命されたのである。

「貴様のような薄汚い毛玉に、師匠の召使いなど務まるか！　とっとと立ち去れぃ！」

「何だとぉ⁉　オイラは毎日お風呂に入ってるから、綺麗だぞ！」

初対面の客に突然罵(ののし)られ、風来も負けじと言い返す。

「黙れ毛玉！　それに師匠は、レストランとやらに行くのを心待ちにしていたのだぞ！　師匠の楽しみを奪うつもりか⁉」

「ワシは部屋の中でのんびり過ごせるなら、それでもいいんじゃがのぅ」

ベッドの上をゴロゴロと転がりながら、師匠が間延びした声で言う。室内に静けさが訪れた。

「……毛玉！　何をモタモタしている！　早く朝食を持って来い！」

「えっ⁉」

あまりの切り替えの早さに、風来は怒りを通り越して驚愕した。

その頃301号室では、玄信の世話役となった雷訪がガタガタと震えていた。

「ほう、貴様のような毛玉がこの我に仕えると申すのか」

「は、はい。よろしくお願いいたしますぞ……」

その体躯(たいく)に見合った大きな単眼に、ギョロリと見下される。凄まじい威圧感に、雷訪は冷や汗が止まらなかった。

「ふむ……食事は部屋まで運んできてくれて、売店とやらにも行ってくれるというわけか？」

「は、はいっ。妖怪のお客様には、当ホテルの従業員が付きっきりでお世話をすることになっているのです」

若干煩わしそうに問われ、雷訪は咄嗟に虚言をついた。嘘も方便である。

「なるほど。至れり尽くせりというわけか。まあよい、よろしく頼むぞ毛玉」

「ひぃぃ……」

巨大な手で頭をわしわしと撫でられる。そのまま頭部を握り潰されるのでは、と雷訪は命の危機を感じた。


その二日後。風来と雷訪は見初の部屋で、床に額を擦り付けるように土下座をしていた。

「お願い見初姐さん！　もうオイラたち、耐えらんないよ！」

「このままでは我々は死んでしまいますぞ……！」

「な、何で……どうしたの……？」

世話係の解任を涙ながらに訴えてくる。尋常ではないその様子に、見初は大いに困惑していた。

「ぷぅ？　ぷぅぷぅ」

「うぅっ、白玉様～！」

「もっと我々を慰めてください……！」

白玉に優しく頭を撫でられ、風来と雷訪は涙と鼻水でべちょべちょになった顔を上げた。

そんな二匹へティッシュ箱片手に見初が歩み寄る。

「もしかして、空木さんや玄信さんに何かされたの？」

体液で湿った顔面をティッシュでゴシゴシと拭きながら、見初が尋ねる。しかし彼らの名前を出した途端、二匹はビクッと大きく体を跳ね上げ、ガタガタと震え出した。

動物虐待。その二文字が脳内に浮かび、見初は小さく息を呑んだ。

「ま、まさか殴る蹴るの暴行を……？」

「ううん。そういうのはされてない……」

「ですが……ああ、語るのも恐ろしいですぞ……」

とりあえず、酷い目に遭ったということだけは分かる。これ以上、二匹に任せるのは可哀想だ。

「永遠子さんには、私から説明しておくとして……」

問題は誰が世話係を引き継ぐかだ。二匹の怯えようを見ていると、他の従業員には頼めそうにない。

仕方ない。見初は腹をくくることにした。

「私がやるしかないか……どっちの部屋も……！」

「見初姐さん⁉　一人でやるなんて無茶だよ！」

「大丈夫。犠牲になるのは、私一人でいい！」

「そんな……！　見初様……！」

覚悟に満ちた見初の表明に、風来と雷訪の瞳からぽろりと涙が零れ落ちる。

「後のことは私に任せて」

「申し訳ありません、見初様！」

「それじゃあ、オイラたちゲーセン行ってくるね！」

悩みが解消されたところで、獣たちが嬉々として部屋を飛び出して行こうとする。

「いってらっしゃー……あっ、ちょっと待った！」

二匹を見送ろうとした見初は、あることを思い出して慌てて呼び止めた。

「夜に出かけるのは、暫くやめたほうがいいかも」

「え、何で？」

風来が見初へと振り返る。

「さっき永遠子さんが言ってたんだけど、最近この辺りで空き巣や不審火が起きてるんだって」

犯行時間帯は決まって夜間。今のところ怪我人は出ていないが、一日に数件発生することもあるそうだ。

しかも犯行現場を目撃した妖怪の宿泊客によると、犯人は複数の妖怪。彼らは河川敷の草むらに青い火の玉を放ち、立ち去ったのだという。

そして、頭に鉢巻きのようなものを巻いていたそうだ。

翌朝、起床して素早く身なりを整えた冬緒は、欠伸(あくび)を漏らしながら寮のホールへとやって来た。食欲をそそる料理の匂いが、辺りに漂っている。

しかし様子がおかしい。皆、訝しそうに厨房のほうをチラチラと見ている。

「……空木？」

冬緒が中を覗き込んでみると、割烹着を着た空木が黙々とアジに包丁を入れていた。切り込みを入れた腹から内臓を引き抜き、エラも取り除く。迷いが一切見られない慣れた手付きだ。

その向かい側では、脚の長い椅子に乗った師匠がお玉で鍋を掻き混ぜている。そして厨房の隅では、見初が一心不乱にたくあんを切り続けていた。

「見初⁉」

「あ、おはようございます、冬緒さん」

見初が顔を上げて軽く挨拶をする。

「な、何してるんだ、お前ら……」

「見れば分かるだろう。一宿一飯の礼として、貴様らに朝食を作っているのだ」

空木がふんと鼻を鳴らして答える。

「もう何日も世話になってるから、一宿どころではないがのぅ」

師匠はそう言いながら、コンロの火を止めた。

「私は朝早くから空木さんの鍛練に付き合って、そのついでに朝食の準備も手伝ってました……」

見初は心なしか疲れた表情をしていた。

「あんなもの、鍛練のうちに入らん。江津(ごうつ)市まで走ってきただけだ！」

「江津市っ⁉」

空木の発言に冬緒は度肝を抜かれた。

島根県の西部に位置する江津市は、万葉の歌人である柿本人麻呂(かきのもとひとまろ)が妻と過ごした地であり、妻との別離を詠(うた)った石見相聞歌(いわみそうもんか)がある。また、豊穣や豊漁を願って神々に歌や踊りを捧げる石見神楽(かぐら)も有名だ。

出雲市を西へ進み、大田(おおだ)市を越えた先にある。

「見初、そんなところまで行ってきたのか⁉」

「あ、私は空木さんに背負われてましたから、肉体的には全然疲れてないです！」

「肉体的には……？」

含みのある言い方に、冬緒の表情が硬くなる。見初はたくあんを盛る小皿を用意しながら、フッ……と笑った。

「空木さんが走ってる最中、師匠がいかに素晴らしいかを延々と聞かされてました」

明け方、見初は空木からのモーニングコールで叩き起こされた。昨晩302号室に引き継ぎの挨拶に行ったついでに、携帯の番号を教えていたのだ。そして寝ぼけ眼で客室へ向かうと、空木に「召使いとして、朝練に同行しろ！」と命じられた。

俊足で野を越え山を越え、出雲市と江津市の中間にある大田市を越え。

その間、空木は師匠の偉大さを、ほぼノンストップで見初に語り続けていた。コーラを三秒で飲み干せる、ゆで卵の殻を綺麗に剥ける等、どうでもよい情報ばかりを提供されていく。ただでさえ寝不足だというのに、興味のない話をひたすら聞かされ続けるのだ。

途中相槌を忘れようものなら、「起きろっ‼」と耳元で叫ばれる。風来が「耐えられない」と泣くのも無理はない。

ちなみに師匠は、見初の背中にしがみついて爆睡していた。

「完成したぞ！　冷めないうちに、さっさと食べるのだ！」

テーブルに次々と料理が並べられていく。梅昆布の混ぜごはん、アジの塩焼き、かぼちゃとほうれん草の味噌汁、きんぴらごぼう。それと、見初が切ったたくあん。

「う、美味い……っ！」

冬緒はその美味しさに舌鼓(したつづみ)を打った。他の従業員からも感嘆の声があがる。

「特にこの塩焼きが絶品だわ……」

永遠子が指先で口元を押さえながら称賛する。

身がふっくらと柔らかく、臭みがまったくない。塩加減もちょうどいい塩梅だ。

「魚の捌き方から調理の仕方まで、すべて師匠に教わったのだ。美味くて当然だ」

空木がふんと得意げに鼻を鳴らす。

「ハフッ、ハフッ！　ごちそうさまでしたっ！」

本当はもっとゆっくり味わって食べたいが、見初にそんな暇はなかった。一気に朝食を掻き込み、ホールを飛び出す。

見初の朝の仕事はまだ終わっていない。猛ダッシュで301号室へと向かう。

「玄信さん、おはようございます！」

「うむ……来たか、人間の娘よ」

パジャマ姿の玄信が見初を招き入れる。

「それでは早速、朝食を用意してもらおうか」

「はい！」

「はい、ではない。返事は押忍だ」

「押忍っ！」

玄信のリクエストに応えて見初が用意したのは、三種のおにぎりとたくあん。それに、わかめと油揚げの味噌汁だった。

「やはり朝はこれに限る……」

床の上で胡坐をかき、味噌汁を静かに啜る玄信を見て、見初は安堵の溜め息をつく。とりあえずこれで朝の仕事は終わりだ。

「それでは私は一旦失礼します」

「待て」

部屋から出て行こうとする見初を、玄信が呼び止める。そして信じられない言葉を放った。

「この後の鍛錬に、お前も付き合え」

「えっ、何でですか⁉」

予想外の展開に、見初の口から裏返った声が出る。

「何か疑問があるのか？　いつ如何なる時も主君に付き従う。それが臣下の務めであろう」

「いや、鍛錬はもうやりたくな……あ、いえ。是非お付き合いさせてください」

うっかり口を滑らせそうになり、見初は咄嗟に言い繕った。

「よかろう。まずは座禅からだ」

「座禅？」

「精神を統一することであらゆる雑念を捨て去り、己自身と向き合うのだ」

「お、押忍」

一旦部屋に戻って上下スウェットに着替え、見初は玄信と向かい合うように床に胡坐を搔いて座った。

「背筋をしっかりと伸ばし、このように楕円形を作るように両手を組むのだ」

玄信の言葉に従い、左右の手のひらを上に向け、右手を下に左手を上にして重ね、親指同士を合わせる。

そして瞼(まぶた)をゆっくりと閉じ、心を無にする。

「…………」

「…………」

「…………ぐぅ」

見初の口から寝息が漏れる。

「寝るなっ！」

「ギャッ！」

玄信に孫の手で肩をベチンッと叩かれ、見初は目を覚ました。

「一分も経たずに眠りこけるとは……雷訪とやらも、数分は持ったぞ」

「す、すみません！」

寝不足の人間に、座禅はあまりにも酷だった。秒で眠りに就いてしまう。

「気を取り直してもう一度だ。目を閉じよ」

「押忍！」

見初は気合のこもった返事をして、再び瞼を閉じた。

「…………ぐぅ」

「起きろっ！」

「ギャーッ！」

その後もチャレンジを繰り返したが、その都度居眠りしてしまう見初に、玄信はついに折れた。

「……人には向き不向きというものがある。座禅はここまでにしよう」

「あ、ありがとうございます……！」

これで解放される。ほっと安堵の笑みを浮かべる見初の目の前に、何かが積み重ねられていく。

灰色の平たい瓦だった。

「次は瓦割りに挑戦してもらう。本日の目標は十枚だ」

「押忍……」

見初の戦いは始まったばかりだった。

◆　◆　◆

「時町見初、体力の限界です……」

　空木や玄信に振り回され続け、精魂尽き果てた見初は、302号室のベッドにうつ伏せになって倒れていた。その横では、師匠がちょこんと正座をしている。

「よく分からんが、すまんのぅ」

「い、いえ……ところで空木さんはどこに行ったんですか？」

「走り込みに行ったぞぃ。まあ、夕方くらいには帰ってくるじゃろ」

「朝、あんなに走ったのに……？」

　空木の底なしの体力に、見初は愕然とした。

「どれ、ちょいと揉んでやろうかのぅ」

　師匠が見初の背中に乗り、「よっ、ほっ」と軽やかにステップを踏みながら、肩甲骨や背筋を程よい力加減で踏み始める。蓄積されていた疲れが徐々に解れていく。心地よい足踏みマッサージに、見初は「くぅ～っ！」と中年男性のような声を上げた。

「痛くないかのぅ？」

「すっごく気持ちいいです……！」

　まさに極楽。見初はうつらうつらと微睡んでいた。その時枕元に積み重なっているものが、ふと目に留まった。

それは漫画の本だった。一昔前、一世を風靡した有名なタイトルばかりだ。

「師匠、漫画が好きなんですか？」

「面白いからのぅ」

シンプルイズベストな答えが返ってきた。漫画は面白ければそれでいいじゃない。まさに真理だ。

「ここに来れば、たくさん漫画を読めると思ったんじゃがのぅ」

背中の上から師匠の残念そうな声が聞こえてくる。

「でしたら、売店で何冊か買ってきましょうか？」

「おお、じゃあ二百冊くらい頼もうかのぅ」

「にひゃく？」

聞き間違いだろうか。

「本当はもっと読みたいんじゃが、あまり贅沢は言えんからのぅ」

これまで何に対しても執着を見せてこなかったくせに、漫画のことになった途端、欲を剥き出しにしてきた。見初はダメ元で永遠子に相談することにした。

「ダメ。漫画の本にそこまで経費を使っちゃいけません」

ホテル櫻葉の最高権力者は、きっぱりと言い切った。心なしか表情が険しい。

「や、やっぱりそうですよね」

「師匠はとにかく漫画がたくさん読みたいんでしょ？　だったら、ネットカフェに連れて行ってあげるのはどうかしら？」

「永遠子さん、ナイスアイディアです！」

見初はすぐさま３０２号室に戻った。

「師匠！　ネカフェに行きましょう、ネカフェ！」

「ねかふぇ？」

「好きな漫画が読み放題で、天国みたいなところです」

「ワシは死ぬんかのぅ」

天国というワードは、師匠の誤解を招いた。

師匠を連れて見初がやって来たのは、先日オープンしたばかりのネットカフェだ。会員登録をし、完全個室のフラット席を指定する。床がマット状になっており、靴を脱いで足を伸ばした状態でのんびり過ごせるようになっているのだ。

「ちょっと待っててくださいね」

ソワソワと体を揺らしている師匠を個室に残し、師匠が好みそうな漫画を調達してくる。ついでにドリンクバーに立ち寄り、ジュースとソフトクリームを持ってくることも忘れない。

「こんなに漫画がたくさん……ワシは夢を見ているのかのぅ」

「現実ですよ、師匠」

大量の漫画に囲まれて震えている師匠に、見初が優しく語りかける。

「でも、あんまり遅くならないうちに帰りましょうね。とりあえず今日は三時間くらいで」

「……うむ」

一瞬妙な間があった気がしたが、見初はとりあえず師匠を信じることにした。

師匠が漫画を読み耽っている間、見初はネットサーフィンで時間を潰していた。動画サイトを観たり、白玉のおやつを吟味していく。ソフトクリームだけでは物足りなくなってきたので、途中でフライドポテトも注文した。

そうこうしているうちに、時間はあっという間に過ぎ去っていった。

「師匠、そろそろ帰りましょう」

時刻を確認した見初が声をかける。しかし師匠は真剣な表情で漫画を読んでいて、顔を上げようともしない。

「師匠、聞こえてますか？　師匠？　師匠⁉」

肩を揺さぶっても、頑なに漫画を手放そうとしない。堂々と無視を決め込んでいる。

このままではいつまでも帰ることが出来ず、利用料金が嵩んでしまう。見初は強硬手段に出ることにした。

「師匠、こっち向いて！」

見初が懐から取り出したのは、こんなこともあろうかと、ここに来る途中に引き抜いた猫じゃらしだった。それを師匠の目の前で、左右にゆらゆらと揺らす。すると師匠の左目が、猫じゃらしを追いかけ始める。見初がシュッと高く上げると、師匠も漫画を手放してぴょんっと飛び跳ねた。

見初はその隙を逃すことなく漫画を回収すると、返却コーナーに持って行った。

◆◆◆

ネットカフェを後にした見初は、コンビニに立ち寄った。フライドポテトだけでは、見初の胃袋を満たすことは出来なかったのである。肉まんを二個購入して、人気のない公園のベンチに腰掛けた。

「はいどうぞ、師匠」

「おお、すまんのぅ」

隣に座った師匠にも肉まんを手渡し、見初は大口を開けて頬張った。じゅわりと口の中に広がる肉の旨み。やはり寒い時季といえば肉まんだ。

「はふ……はふ……熱いのぅ……」

師匠がちびちびと肉まんを食べ進めている。見初はふと、その右目を隠す眼帯が気になった。

「あの……師匠ってどうして眼帯をしているんですか？」

「別に見えないわけではないぞぃ。ただ、ちょっと事情があってのぅ」

師匠はそう言いながら眼帯に触れた。

「だが絶対に眼帯の下を見てはいかんぞ。絶対、絶対にじゃぞ」

「絶対に……」

しつこく念押しされたせいか、余計気になってくる。見初は残りの肉まんを口に収め、咀嚼しながら師匠の横顔を眺めていた。

ごくんと飲み干すと同時に、「えいっ」と眼帯を奪い取る。そして師匠の顔を覗き込んだ瞬間、見初は青い光を見た。

今まで眼帯で隠されていた右目が、異様な輝きを放っている。あまりの眩しさに、見初が手を翳して目を細めた時だ。

右目から青い光線が放たれた。

「ギャッ」

見初は咄嗟に体を斜め後ろに倒し、間一髪で避けた。恐る恐る背後を振り返ると、木の幹にぽっかりと穴が開き、シュウゥゥ……と煙が立ち上がっていた。

「生半可な気持ちで見るなぁっ!!」

右目を前脚で覆い隠しながら、師匠が激しい剣幕で叫ぶ。

「目くらい生半可な気持ちで見ますよ!!」

見初も負けじと反論する。目から突如レーザービームが発射されるなど、誰が想像するものか。

「……この右目は生まれつき、強大な霊力を秘めていてのぅ。目に映るものすべてを破壊し尽くしてしまうのじゃ」

師匠は、見初から返してもらった眼帯を着けながら語る。

「ワシ自身にも制御出来んから、普段はこうして隠しているんじゃよ」

「師匠の右目にそんな秘密が……」

見初の心臓は、いまだにバクバク音を立てていた。

「これのせいで、周りからも恐れられてのぅ。長い間、独りで生きておった。この目を見ても驚かなかったのは空木くらいじゃよ」

確かに、どんなことも肯定的に受け止める空木なら、「流石です、師匠！」の一言で済ませるだろう。その空木が心配しているかもしれないので、見初たちはそろそろ帰ることにした。

秋風に吹かれながら帰路に就いていると、前方から見慣れた集団が慌ただしく走って来るのが見えた。ホテル櫻葉の常連客たちだ。向こうもこちらに気付いたのか、「あっ、鈴娘だ」と声を上げる。

「みんなどうしたんですか？　そんなに慌てて……」

「この近くで空き巣が出たらしいんだ！　例の鉢巻き集団の仕業かもしれないぞ！」

「ほ、ほんとですか⁉」

見初は師匠を脇に抱え、彼らとともに現場に向かった。

空き巣の被害に遭ったのは、六十代の独身男性だった。外出から戻ると、何者かによって書斎が荒らされていたらしい。幸いにも、盗まれたものはなかったが、男性はすぐに警察に通報したという。

被害者の自宅の前には数台のパトカーが止まり、野次馬たちがヒソヒソと話をしている。見初は彼らに近付き、じっと聞き耳を立てた。男性は近所でも有名な愛書家で、現在は絶版となっている貴重な書籍も複数所有しているらしい。

野次馬たちから離れた見初の下に、常連客たちが「何か分かったか？」と駆け寄ってくる。

「うーん……犯人に関する情報は特に……」

見初はふるふると首を横に振った。それに、今回も妖怪たちの犯行とは限らない。

「……そうか、分かった。俺たちは、もう少しこの辺りを見回ってみる。鈴娘は危ないから、早くホテルに帰るんだぞ」

「そうですね……」

脇に抱えているものをチラリと見る。今ここで、師匠を危険な目に遭わせるわけにはいかない。見初は彼らと別れ、帰り道を急いだ。

「物騒な世の中じゃのぅ」

「師匠、喋ってると舌噛みますよ！」

「ぎゃふっ」

「喋ってないのに噛んだ⁉」

このおじいさん、空木と出会うまでよく一人で生きてこられたな。あまりの生存能力の低さに、見初は師匠がすごく心配になった。

「なぁ、やっぱり里に帰ろうよ」

「そうだよ、里を出て来たって親方様に知られたら、怒られちゃう」

「泣き言を言うな！　気合が足りないぞ！」

「そうだそうだ！　あれを見付けるまでは、帰らないぞ！」

通りかかった小さな空き地から、言い争うような声が聞こえてきた。白いお面で顔を隠した妖怪たちが、何やら帰る帰らないで揉めている。五、六歳の子どもほどの背丈で、紺色の道着を着ている。

そして頭には、黒い鉢巻きを巻いていた。

「うぅ……でも、あのおじいさんの家にもなかったし」

「そうだよ。無駄足だったじゃん！」

「諦めるな！　他にも古い本を持っている人間はたくさんいる！　きっと奴らの中に、あれを奪った者が――」

鉢巻き集団。おじいさんの家。古い本。点と点が線で繋がり、自白が取れれば決定的だ。

「あのー……もしかしてさっきの空き巣犯って、あなたたち……？」

見初が話に割って入ると、妖怪たちから「ヒャーッ！」と悲鳴が上がった。

「我らの姿が見えるとは……貴様、何者だっ！」

「え、えっと私は……」

「時田味噌汁じゃったかのぅ」

「師匠⁉」

名前を正確に覚えられていないと発覚し、見初はショックを受けた。

「ふ、ふんっ。味噌汁如きに構っていられるか。我らには果たすべき使命があるのだ！」

「使命？」

見初が首を傾げると、鉢巻き集団は口々に語り始めた。

「我らを束ねる親方様が大切に管理している古文書のうち、数冊が何者かに奪われてしまったのだ」

「親方様もその盗っ人を追いかけるため、里を出てから早数年……」

「我々が古文書を見付け出せば、親方様も里にお帰りになるはずなのだ！」

皆、親方様に早く戻ってきて欲しくて必死なのだろう。彼らの言い分はよく分かった。

しかし、犯罪は犯罪である。

「みんなの気持ちは分かるけど、だからって人の家に勝手に入って荒らすのはダメだよ……」

「な、何を……貴様に何が分かる！」

見初が正論を言うと、逆上して一斉に襲い掛かってきた。

「食らえーっ！」

「我らに勝てると思うなーっ！」

鉢巻き集団、怒りの猛攻。小さな手で見初の足をぽかぽか叩いてくるが、パンチ力があまりにも無さすぎて全然痛くない。

「……えいっ」

正面にいた鉢巻き小僧の額をぺしっと指で弾いてみると、「うわーっ！」と後ろに倒れ込んだ。ひ弱すぎる。

「こ、この女……強いっ！」

「デコピンしただけじゃん！」

にわかに怯え出すちびっ子たちに、見初はちょっと納得がいかなかった。

◆◆◆

チェックインした客を客室まで送り届けた冬緒は、ロビーに戻ろうとしていた。しかし売店の近くを通りかかったところで、大男の姿が視界に入り込んだ。

玄信が少し離れたところから、売店の様子をそっと窺っている。冬緒は周囲に空木がいないことを確認してから声をかけた。

「あちらに何かご用でしょうか？」

「い、いやっ、あのようなところに用など何もない」

玄信が少しどもりながら否定し、すぐさま立ち去ろうとする。その足元を小さな毛玉が横切った。

「たいへーん、たいへーんっ！」

目を白黒させながら、風来が冬緒へ駆け寄る。

「見初姐さんが、例の空き巣集団を捕まえてきたって！」

「み、見初が⁉」

思わぬ知らせに、冬緒はぎょっと目を見開いた。

「うん！　顔にお面をつけてて黒い鉢巻きをした奴らだって！」

風来の言葉に、玄信が足をぴたりと止める。

「黒い鉢巻き？　まさか……！」

暫し考える素振りを見せ、慌ただしくその場を後にする。

玄信がホテルを飛び出すと、オレンジ色の夕日をバックにして見初がこちらに向かって歩いて来ていた。後ろにビニールひもで両手を縛られた鉢巻き集団を引き連れている。

「あっ、親方様⁉」

先頭を歩いていた鉢巻き小僧が、玄信を見付けて声を上げた。

「ほんとだ……親方様だ！」

「うぇぇ～ん、親方様助けてください～！」

「捕まっちゃったよ～！」

他の者たちも、情けなく助けを求め始める。見初は「えっ？」と、鉢巻き集団と玄信を交互に見た。

「親方様って……玄信さんのことだったんですか？」

「いかにも。我は人里離れたとある地に道場を構え、そこで武術を教えている。そなたが捕らえたのは、その弟子たちだ」

「そうだったんですか……」

弟子の割りにはずいぶん弱かった気がするが、それは触れないことにした。

「お前たち……空き巣とはどういうことだ？　人間に危害を加えるのはご法度と教えたはずだぞ！」

「ごめんなさいぃぃぃっ！」

玄信の怒声がビリビリと空気を震わせる。師の激昂ぶりに、鉢巻き集団は大きく肩を跳ね上げた。

「こ、この子たちも悪気があったわけじゃないんです。玄信さんのために仕方なく……」

「我のため……？」

玄信は、やんわりと擁護する見初へ視線を向けた。そしてその脇に抱えられているものを見て、ハッと息を呑んだ。

「き、貴様は……っ」

「久しぶりじゃのぅ。元気にしておったか？」

わなわなと震える玄信に対して、師匠は穏やかな口調で話しかける。

「呑気に挨拶などしている場合か。さっさとあれを返せ！」

「もちろんじゃ。そのために、そなたを探しておったのだからのぅ」

「何？」

玄信が怪訝そうな反応を見せる。見初も先ほどから話が掴めずにいた。

「師匠が探しているのは、宿敵じゃなかったんですか？　空木さんが熱弁してましたよ」

「何じゃそれ。ワシ、そんなこと一言も言っとらん……」

「………！」

つまり空木の勘違い。見初は呆れて言葉が出なかった。

「それじゃ、ちょいと取りに行ってくるからのぅ」

師匠はそう言いながら、302号室に戻って行った。そのドアの前では玄信や見初だけでなく、玄信の弟子たちも待機していた。

「お、お前たちまで待つ必要はないのだぞ？　先に道場に帰っていろ」

玄信は、何故か体をもじもじとさせている。

「嫌です！　親方様と一緒に帰ります！」

一人が力強く宣言すると、他の弟子たちも同調して頷く。彼らを邪険には出来ず、玄信は小さく唸った。

約一分ほどで、師匠が数冊の本を抱えて部屋から出てきた。

「ほい。ずいぶん遅れてしまって、すまんかったのぅ」

師匠が玄信に差し出したのは、表紙にそれぞれ地、水、火とだけ書かれたシンプルな意匠の本だった。見初が「ん？」と訝しそうに首を傾げる。枕元に置かれていた漫画の山に、あのシリーズも混ざっていたような。

すると鉢巻き集団が突然ざわつき始める。

「そ、その本は親方様の古文書……!?」

「え!? じゃあ盗んだ犯人って師匠……？」

人畜無害に見えて、窃盗に手を染めていたとは。見初の中で一気に緊張感が高まる。

不穏な空気が漂う中、師匠はきょとんと首を傾げた。

「古文書？ 何のことじゃ？」

「しらばっくれるな！ お前が持ってるその本のことだ！」

ひょんな形で発覚した犯人に、鉢巻き集団が憤然(ふんぜん)とする。しかし師匠は臆(おく)することなく、しれっと切り返した。

「これ、漫画じゃよ」

まんが？ 一瞬辺りがシーンと静まり返った。

「ほい」と師匠が地と書かれた本を見初に手渡す。玄信の「何をする、やめろ」と焦る声に構わず、見初は中身を開いた。

五輪覇道録。作者・玄信。タイトルページには、雄々しいタッチでそう書かれていた。

「ほ、ほんとに漫画だ……」

見初はそう呟きながら、ページをパラパラとめくる。孤高の武術家、宮岡武蔵が戦いを通じて己の強さや弱さと向き合っていくという、硬派なストーリーだ。

最後のページには肩に燕を乗せた美丈夫、佐々木又次郎も登場してくる。その余白部分には、「水の書へ続く」の一文があった。

見初がちらりと玄信に視線を向けると、恥ずかしそうに両手で顔を覆っていた。

「この者とは、とある森の中で出会ってのぅ。漫画を描いておったんで、描き上げたら読ませてくれと頼んでいたのじゃ」

師匠によって、玄信のプライバシーが晒されていく。

「で、ある日ようやく完成したと文が届いてのぅ。ワシらが出会った森で待ち合わせをして、まずは三巻だけ借りて読んでおったんじゃ。そうしたら、こやつが急用を思い出したとかで、慌てて帰り出してのぅ。それを追いかけようとしたら、転んでしまったわぃ」

空木が目撃したのは、ちょうどその場面だったようだ。決闘でも何でもなかった。

「玄信さんも、自分で描くくらい漫画が大好きなんですね」

「……売店」

顔から手をゆっくり離しながら玄信が小声で言う。

「売店に陳列されていた漫画が……ずっと気になっていた」

「言ってくれたら、買ってきてあげたのに……」

「恥ずかしくて言い出せなかったのだ！」

玄信は顔を真っ赤にして叫ぶと、師匠を睨み付けた。

「我も後から五輪覇道録のことを思い出し、こやつの棲み処を訪ねた。だがその時にはもぬけの殻で、『引っ越します』という貼り紙が貼られていたのだ」

「おぬしがどこで暮らしているか、分からなかったからのぅ。探しに行くことにしたのじゃ」

「むぅ……」

要するに、お互いに探し合っていたようだ。真相が明らかになり、玄信の怒りも鎮まっていく。

「嘘だ！　親方様の作品が素晴らしくて、返したくなくなったんだ！」

しかし親方が許しても、鉢巻き集団が許さない。「借りパクだ、泥棒だ」と、師匠を猛烈に非難している。

「いや、作品の出来としては正直あまり面白く……もがが」

「師匠、今それ言っちゃダメ！」

見初は師匠の口を塞いだ。ここで正直に感想を述べようものなら、袋叩きにされてしまう。

「師匠を侮辱するなぁっ!! 元はと言えば、師匠に本を貸したまま帰ったそいつが悪い!」

最悪のタイミングで空木が帰ってきた。一部始終を聞いていたようで、ビシッと玄信を指差した。

「何だと!? 親方様を悪く言うなーっ!」

当然、ちびっ子たちも激怒する。

「師匠を泥棒扱いするなど、万死に値するぞ!」

「お、落ち着いて! これで解決したんですから、もういいじゃありませんか!」

怒りのボルテージを上げていく彼らに、見兼ねた見初が仲裁に入る。すると玄信が険しい形相で、弟子たちへ目を向けた。

「いいや。先ほどの空き巣の件……まだ話は終わっていないぞ」

周囲の空気が一瞬で凍り付いた。あれだけ威勢のよかった鉢巻き集団が小刻みに震え出す。

「ご、ごめんなさい。僕たち、親方様のために古文書を取り返したくて……」

「それに、忍び込んだのも一軒だけだし……」

「言い訳するな、バカ者ども!!」

「「はぃぃぃっ!」」

　玄信に雷を落とされ、ピンと背筋を伸ばす弟子たち。

　しかしそのやり取りを見守っていた見初は、ある疑念を抱く。

「一軒だけ？　他の家には入ってないの？」

「う、うん」

　そういえば、連日のように続いている空き巣事件は、決まって夜に発生している。それに、根は小心者の彼らが放火などするだろうか。見初は質問を続けた。

「……あなたたち、手のひらから青い火の玉って出せる？」

「そんなの出せないよ！」

「僕たち、可愛いだけが取り柄だもん！」

　何やら図々しいことを言っているが、嘘をついているようには見えない。

「……その話、詳しく聞かせてもらおうか」

「は、はい。実は……」

　玄信に促され、見初が事件について語り始める。玄信は黙って耳を傾け、鉢巻き集団は不安そうに顔を見合わせ、師匠は五輪覇道録を立ち読みしていた。

「……なるほど。そういうことか」

　話を聞き終えた玄信は、合点がいった表情で頷いた。

「玄信さん、犯人たちについて心当たりがあるんですか？」

「連中は鉢巻きをしていたのだろう？　恐らく奴らは……いや待て」

玄信はそこで一旦言葉を切り、空木へと大きな目を向けた。

「貴様の顔、どこかで見たことが……」

「な、何の話だ」

空木の顔に動揺の色が浮かぶ。じりじりと後ずさりをする。

その顔を凝視していた玄信の眼光が鋭くなった。

「……思い出したぞ。貴様のようなならず者が、何故こんなところにいる？」

「俺は……」

その場にいる全員の視線が、空木に向けられる。空木は陸に打ち上げられた魚のように口をぱくぱくさせながら、目を泳がせていた。

「空木？　どうしたのじゃ？」

師匠の呼びかけに、びくりと肩を跳ね上げる。空木がおずおずと視線を下ろすと、不思議そうに首を傾げる師と目が合った。ひゅっ、と喉から短く息が漏れる。

「空木？」

再び名前を呼ばれ、空木は引き攣った表情で逃げるように走り出した。

◆
◆
◆

「はぁ、はぁ……っ」

月も星もない暗い夜道を走り続ける。どこに向かっているのか、自分でも分からない。ただあの小さな師に追い付かれないように、少しでも遠くへ行かなければ。

だが、ふと足を止めて振り返る。そこには真っ暗闇が広がるばかりで、空木を追いかけてくる者は誰もいない。安堵と落胆が同時に込み上げてきて、その場から動けなくなってしまう。

何もない場所で転び、川に流され、カラスの大群に襲われている師の姿が脳裏に思い浮かんだ。

「ようやく見付けたぜ、空木。こんなところにいやがったのか」

聞き覚えのある声に呼ばれ、空木は浅く息を呑む。時間をかけながらゆっくり振り返ると、顔面に真っ赤な包帯を巻き付けた妖怪が夜の闇に立っていた。

空木や玄信などよりも、遥かに大きな体躯だった。唯一包帯で隠されていない口元が、怪しげな笑みを浮かべている。

そして頭に赤い鉢巻きを巻いた妖怪たちが、いつの間にか空木を取り囲んでいた。彼らの手の平の上で、青い火の玉がゆらゆらと揺れている。

「お、お頭……」

「テメェとあのジジィが出雲にいるって聞いたからよ。俺らも来てやったぜ」

その言葉に空木は先ほど見初から聞いた話を思い返す。

「やっぱり最近、この辺りで起きている事件は……」

「テメェらを探すついでに、少し暴れてやったのよ。人間どもが慌てふためく姿ほど見ていて愉しいものはねぇからな。……で、どうしてさっさとジジィを殺してこねぇんだ？」

お頭はげらげらと笑ってから真顔になり、空木に問いかけた。

「……それは」

空木は答えに窮して項垂れた。

「テメェの役目はあのジジィを殺して、その死体を持ち帰ってくることだったはずだ。忘れたわけじゃねぇよな。ああ？」

「わ、忘れてなんか……」

「口答えしてんじゃねぇ！」

お頭に殴り飛ばされ、空木はコンクリートの地面に叩き付けられた。無様なその姿を見て、周囲の取り巻きたちがけたけたと笑う。

「うぅ……」

「テメェはもう用なしだ。あのジジィの始末は他の奴に任せる」

痛みで呻いていた空木は、はっと目を大きく見開いた。地べたを這いずってお頭の足にしがみつく。

「やめてくれ……！　あの爺さんに、師匠に手を出さないでくれ……！」

「けっ。下っ端の分際で、俺様に盾突いてんじゃねぇ！」

「ぐはぁっ！」

乱暴に蹴り飛ばされ、空木は再び地面の上を転がった。

「ふん、行くぞ。テメェら」

「お頭……待ってくれ……頼む、頼むから……」

小さく頷く部下たちを引き連れて、お頭が立ち去っていく。どんどん遠ざかっていく後ろ姿を、奥歯を噛み締めて見詰めることしか出来なかった。

その翌日、どうにか立ち上がれるまでに回復した空木は、河川敷の片隅で膝を抱えていた。昨晩受けた傷の痛みがまだ残っている。それと腹も減った。

だが今さら、ホテル櫻葉に戻ることなど出来ない。溜め息をついていると、突然空木の頭上に影が差した。

「見付けたぞ。こんなところにいたのか」

背後から投げかけられた声に振り向くと、単眼の大男がこちらを見下ろしていた。

「ひっ……」

「貴様、かつて我の道場に押し入ってきた赤鉢巻きどもの一味だな？」

逃げ出そうとする空木の襟首を掴み、玄信が静かな声で問う。

「道場？」

「覚えておらぬか？　今から十年ほど前、貴様らはとある道場を襲撃したはずだ」

思い出せと低い声で凄まれ、必死に記憶を手繰り寄せる。すると、ある夜のことを思い出した。

山奥にひっそりと佇む小さな道場に目を付けたお頭が、自分たちの根城にすることを思いついたのだ。

そしてそこに棲んでいる弱小妖怪たちを追い出そうと、集団で押し入ることになった。

空木も道場の外で、待機していた。

しかし計画は失敗に終わってしまった。先に道場へ突入した者たちが、次々と外へ投げ出されていくのだ。

よく分からないけど、何かヤバいのが一人いる。そのことに気付いた空木は仲間を見捨て、一目散に逃げ出した。そしてその姿を、たった一人で無法者を全員追い払った玄信に見られていたのだ。

「赤い鉢巻きが目印の妖怪ならず者集団、『紅蓮団』……その末端であろう貴様が、あの猫に付き従っているのは何故だ？」

空木は鋭い視線を突き付けてくる玄信の顔から目を逸らし、暫し間を置いてから口を開いた。

「お頭に命じられたんだ。あの爺さんを殺してこいって」

「貴様らの頭首の目的は、恐らくあの者の右目だな？　前に一度、我も眼帯を外したところを見てしまい、うっかり死にかけたことがあったが、あの右目から放たれる力はすさまじい。あれを手に入れることが出来れば、向かうところ敵なしだろう」

玄信が合点したように言うので、空木は頷くしかなかった。

「……初めは行き倒れを装って、あの爺さんに近付いてそのまま殺そうとしたんだ」

右目以外はただのひ弱な猫だ。図体ばかり大きくて気が弱い自分でもやり遂げられるはずだった。

『ちょうど昼にするところじゃったんじゃ。ほれ、おぬしにも一本』

そう言って、串に刺さった焼き魚を差し出された。

誰かに優しくされたのは生まれて初めてだった。一人でいるのが寂しくて、ごろつきたちの仲間になったものの、毎日こき使われてばかりで、へまをすると、すぐに殴られる。

『どうじゃ。美味いか？』

『……ああ、美味い』

皮の部分はパリパリで香ばしく、身はしっとり柔らかくて、仄(ほの)かに甘みがある。すぐに食べ切ってしまうと、『おかわりはどうじゃ？』ともう一本くれた。これを食べ終わったら殺してしまおう。そう思いながら、焼き魚をゆっくりと味わった。

『明日は刺身にでもするかのぅ』

『何言ってんだ、爺さん。川魚なんて、臭くて生では食べられないだろ』

『ちゃんと下処理さえすれば、なかなかいけるぞぃ。おぬしもどうじゃ？』

『……』

明日の刺身を食べたら殺そう。

『以前ワシが暮らしてた山には、美味い木苺が成るんじゃよ。久しぶりに行ってみるかのぅ』

『木苺？』

『何じゃ食べたことがないのか。甘くて美味いぞぃ』

木苺を食べたら殺そう。

『秋になったらキノコ鍋が食いたいのぅ』

『はい、師匠！』

『師匠？　何じゃそら』

『あなたは俺が知らないことをたくさん知っています。ですから師匠と呼ばせてください！』

『まあいいがのぅ』

秋になってキノコ鍋を食べたら殺そう。

そうやってずるずると引き延ばし続けて、気が付けば数年が経っていた。

「……俺と一緒にいたら、師匠が危ないかもしれないって分かっていたさ。だけど一人に戻りたくなかった。だから俺は師匠を守れるように鍛えることにしたんだ。アンタのことも、俺が倒すつもりだった。アンタみたいな大男に、師匠が敵うはずがないからな。でも……」

空木はそこで言葉を止めた。体を小さく震わせながら、唇をきつく噛み締める。昨晩の出来事が脳裏に蘇る。

「どれだけ鍛えたって、俺一人じゃどうしようもない。お頭が本気になった以上、師匠を守り切ることなんて……！」

「ふんっ！」

涙交じりに尻尾を震わせる空木の頭に、玄信はごつんと拳骨を落とした。

「漢なら泣き言を吐くでない、バカ者！」

「な……っ」

　空木はずきずきと痛む頭を押さえながら目を見開いた。

「何故最初から諦めているのだ。貴様の師を思う心は、そんなちっぽけなものなのか？」

「そんな……っ、そんなわけ……」

　視線を彷徨わせて口ごもる空木に、玄信はなおも言葉を継ぐ。

「あの猫が貴様の帰りを待っている」

「………………」

「先ほど一人に戻りたくないと言ったな。貴様はそれが自分だけだと思っているのか？」

　重々しい声で問われ、空木はゆるゆると手を下ろして玄信と視線を合わせた。

「俺は……師匠を守れるだろうか」

「そのような大事なことを聞くな。守れるかどうか考える暇があれば、早く師の下に戻れ」

「……分かった」

「返事は押忍だっ!!」

「お、押忍っ!!」

　二人の野太い声が青空の下に響き渡った。

◆　◆　◆

その頃、見初は師匠を連れてネットカフェを訪れていた。食事を摂らず、漫画も読もうとせずにずっと客室の窓から外を眺めているので、気晴らしになればと外に連れ出したのだ。

「……今日はこの辺にしておこうかのぅ」

師匠はそう言って静かに漫画を閉じた。来店してからまだ三十分ほどしか経っていなかった。

「赤味噌よ、そろそろ宿に戻るぞぃ」

「師匠……」

また人の名前を間違えている。だが寂しそうなその背中を見ていると、見初は何も言えなかった。

師匠に促されてネットカフェを後にする。本日は快晴だと報じられていたが、空は分厚い灰色の雲に覆われており、一層物悲しい気持ちになってしまった。

「大丈夫ですよ、師匠。空木さんなら、そのうち帰って来ますって。玄信さんも探しに行ってくれてますし」

「そうじゃのぅ……」

励ましの言葉をかけても、師匠の声にはいつも以上に覇気がない。隣をとことこと歩く師匠を見下ろしながら、見初は走り去っていく空木の後ろ姿を思い返していた。あの後、玄信から近頃多発している事件は、紅蓮団と呼ばれる妖怪たちの仕業だろうと教えられた。

そして空木が、その一員であることも。

あのままどこかへ行ってしまい、もう戻ってこないかもしれない。そんな予感が頭をよぎった時だった。

「うわっ！」

突然激しい強風が吹き荒れ、見初は反射的に腕で自分の目元を隠した。

「び、びっくりしたぁ……ん？　師匠？」

師匠の姿が忽然と消えてしまったことに気付き、キョロキョロと辺りを見回す。まさか今の風で吹き飛ばされてしまったのだろうか。付近をくまなく探してみるが、どこにも見当たらない。

言いようのない胸騒ぎを覚えながらも、見初は一旦ホテル櫻葉に戻ることにした。もしかしたら、誰かが師匠を保護して、送り届けているかもしれない。日が暮れ、辺りは既に夕方の薄闇に包まれている。ホテルの敷地内に差しかかったところで、こちらに向かってくる二つの大きな影が見えた。

「あっ、玄信さん！　それに空木さんも……ってどうしたんですか、その怪我⁉」

空木の姿にほっとしたのも束の間、傷だらけの姿を見て見初はぎょっとした。それに着物も土ぼこりで汚れてしまっている。

「これは、その……」

「そんなことより、鈴娘よ。あの猫はお前と一緒ではなかったのか？　部屋にもいなかったようだが」

空木が言い淀んでいると、玄信がホテルのほうをちらりと振り返りながら見初に問うた。

「そ、それが……二人で道を歩いていたら、急にいなくなっちゃったんです。いくら探しても全然見付からなくて」

「何だって⁉」

見初の言葉に空木が驚きの声を上げる。玄信もむぅ、と腕を組みながら低く唸った。

「まずいことになったな。恐らく紅蓮団に攫われたのだろう」

「攫われたって……どうして師匠が？」

見初の顔に困惑の色が浮かぶ。すると空木が悔しさで顔を歪めながら言った。

「師匠の右目を奪うためだ。肝心な時にお傍についていなかったせいで……師匠、申し訳ありません……！」

「空木さん……」

「この罪、死んで償います！」

空木はその場に正座すると、懐に忍ばせていた小刀を取り出した。切腹するつもりのようだ。

「そんなことをしている場合かっ！」

玄信が咽び泣く空木を思い切り殴りつけた。

「あぐっ……だけど、師匠はもうダメかも……」

「諦めるなと言ったであろう！　早く紅蓮団の根城を探し出すぞ。貴様の師もそこに囚われているはずだ」

横座りしながら頬を押さえる空木に、玄信が冷静に諭す。しかし空木の表情は曇ったままだ。

「探し出すと言っても、俺が紅蓮団を離れてずいぶんと経つ。あいつらが今、どこにいるかなんて……」

「親方様ーっ！」

空木の弱気な発言を遮るように、子供の声が薄闇の中に響き渡る。見初が声が聞こえてきた方向を見ると、黒い鉢巻き集団が猛スピードでこちらへ駆け寄って来ていた。

「紅蓮団のアジトを突き止めてきましたーっ！」

「本当か⁉」

彼らの報告に、空木が驚愕の表情を浮かべる。

「こやつらに調べさせていたのだ。瓦の一枚も割れない軟弱どもだが、索敵能力はそれなりにあるからな」

「適材適所……」

えっへんと胸を張るちびっ子集団を見て、見初は小さな声で呟いた。

「奴らの根城に乗り込み、紅蓮団を壊滅させるぞ！　皆の衆、我についてこい！」

「カチコミだーっ！」

玄信が発した号令に、弟子たちが気合の入ったかけ声を上げる。その様子を眺めていた見初の肩を、空木がポンと叩く。

「鈴娘……俺たちの手で師匠を必ずお救いするのだ！」

「……はい！」

いつもの調子を取り戻した彼の言葉に、見初は力強く頷いた。夜が深まりゆく中、大きな戦いが始まろうとしていた。いつの間にか頭数に入れられているが、そこは深く考えないことにした。

◆　◆　◆

ちびっ子集団の案内の下、とある山の中を進んでいく。夜目の利かない見初は、スマホのライトで足元を照らしながら山道を登っていく。

「師匠……今、お助けします」

空木はそう呟きながら、ふと夜空を仰いだ。昼間の曇天(どんてん)が嘘のように、美しい星空が広がっていた。また師匠とこの景色を眺めたい。そんな思いに駆られながら、先を急ごうとする。

その時、一条の青い光が夜空を流れていった。

「あ、流れ星綺麗ですね」

同じように空を見上げていた見初が、声を弾ませた。

「今、師匠の命が潰えた……」

「なんてことを言うんですか！」

いくら何でも思い込みが激しすぎる。空木の口から飛び出したネガティブ発言に、見初は思わず叫んだ。

すると今度は、流星の一群が現れた。青い光の尾を引きながら星空を駆け、彼方へと消えていく。その幻想的な光景に、見初は見惚れていた。弟子たちも足を止め、「流星群だ」とはしゃいでいる。

しかし玄信だけは、みるみるうちに顔を強張らせていった。

「いや、流星群ではない。あれは……」

遠くから聞こえてきた悲鳴が、玄信の言葉を遮る。一同が前方へ目を向けると、赤い鉢巻き集団が慌ただしく山道を駆け下りてくるではないか。

「お、お頭……!?」

巨大な担架に乗せられ、手下たちによって運ばれている元上司の姿に空木が素っ頓狂な声を上げる。泣く子も黙る紅蓮団の頭首は、口から泡を吹きながら白目を剝いていた。

「……お前か、空木」

お頭を運んでいた者の一人が、苦い表情を見せる。

「お前も死にたくなけりゃ早く逃げるんだな」

「ど、どういうことだ。師匠はどこにいる⁉」

かつての仲間の忠告に困惑しながらも、空木が鋭い声で問い詰める。この時、彼は気付いていなかった。背後から青い光が迫ってきていることに。

「あぶなーいっ！」

「うおっ⁉」

見初に襟首を思い切り引っ張られ、空木はがくんと体勢を崩した。その頭上を一筋の光線が駆け抜け、木に穴を開ける。

「に、逃げろーっ！」

紅蓮団の面々が慌ただしく逃げ去っていく。その間にも、暗闇の向こうから、ビュンビュンと光線が飛んでくる。それをどうにか避けながら奥へ進むと、一軒の古びた小屋が見えてきた。あそこが紅蓮団のアジトのようだ。

小屋の中から様々な角度で光線が放たれ、近くに生えている木に命中したり、夜空に向かって飛んでいく。先ほどの流星群の正体はこれだろう。

「あ、あれって、師匠の破壊光線ですよね？」

「師匠……まさか、中で誰かと戦って……⁉」

空木が無数の青い光を掻い潜り、小屋へと駆け寄る。

「しょ……うわぁっ！」

「おぼぼぼぼぼっ‼」

オフィスチェアに縄で括り付けられた師匠が、小屋の中心でぐるぐると高速回転をしながら右目からレーザー光線を連射していた。

「師匠っ⁉」

「そ、そこにおるのは空木かのぅ⁉」

空木の声に気付いた師匠が、切羽詰まった声を上げる。

「はい、師匠！　ですが、何故そのようなことに……」

「赤い鉢巻きを巻いた奴らに攫われてのぅ！　そやつらの頭首に眼帯を奪われて、右目を制御することができ……がふっ」

舌を噛んだのか、師匠の言葉が止まる。空木の背後に隠れながら、見初が声を張り上げて呼びかける。

「師匠、目を閉じて！　目を閉じてくださーいっ！」

「無理じゃぁぁぁ！　閉じようとしても、勝手に開くぞぉぉい‼」

　この惨状に、弟子たちを後ろに下がらせながら玄信が首を横に振る。

「やはり暴走を起こしていたか……こうなってしまっては、もはや我々に止めることは不可能だ。この地は瓦礫（がれき）の街と化すだろう……」

「島根県、師匠に滅ぼされちゃうんですか⁉」

　どうやら紅蓮団は、パンドラの箱を開けてしまったようだ。

「一旦宿に戻るぞ、鈴娘。このことを他の者にも早く知らせなければ……」

「は、はい。空木さんも早く行きましょう！」

　これでは師匠に近付くことすら出来ない。見初は呆然と立ち尽くす空木の肩を掴み、逃げるように促した。

　だが空木は見初の手を振り払い、今もなお回転している師を真っ直ぐ見据えた。恐怖で震えそうになる歯を噛み締め、両手を強く握って勇気を奮い立たせる。

「師匠、今お助けします！」

　空木は勢いよく走り出すと、次々と放たれる光線を避けながら師匠へと全体重を乗せて体当たりした。そして床に倒れ込んだ師匠の右目を自分の両手で覆った。

「ぐぅっ！」

　堰（せ）き止められた青い光が、空木の手のひらを焼く。脳天を突き抜けるような激しい痛みに襲われながらも、その手を放そうとはしない。

「空木！　ワシのことは放って早く逃げるのじゃ！」

「……いえ、俺はもう逃げません！」

師匠の呼びかけに、空木は大きくかぶりを振った。

「今度こそ、師匠をお守りすると、決めたんです……っ！」

だがこの状態もいつまで保てるか分からない。光線が空木の手のひらを貫く前に、何とかしなければ。必死に考えを巡らせながら、見初は周囲を見回していた。

「ひぇぇ……帰りたいよぉ……」

玄信の後ろでぷるぷる震えている弟子たちが目に留まった。正確には、その額に巻かれた鉢巻きが。

「みんな、それ貸して！」

「「えっ⁉」」

見初は彼らの鉢巻きを次々と奪い取り、師匠たちの下へ走り寄った。

「空木さん、これを使ってください！」

束にした鉢巻きを見せると、それで見初の意図が通じたのだろう。空木は大きく首を縦に振った。

空木が引き続き右目を手で覆い、見初がその上から鉢巻きを巻き付けていく。そして空木が手を外したタイミングで、強く縛り付ける。

シン、と耳鳴りがするような静寂が、半壊した小屋の中を包み込む。見初と空木は暫し間を置いてから、師匠の顔を覗き込んだ。

「し、師匠、右目の調子はどうですか？」

「うむ……多分、もう大丈夫じゃ」

見初が恐る恐る尋ねると、師匠は椅子に縛られたまま答えた。途端、小屋の外から弟子たちの歓声が聞こえてきた。

「みんなには世話をかけたのぅ。おかげで助かったぞぃ」

山から下りた後、鉢巻きで右目を覆った師匠はぺこりと頭を下げた。その隣で「世話になったっ!!」と空木が深く腰を折った。

「でも、これからどうするんですか？　また紅蓮団みたいに、師匠の右目を狙う妖怪が出てくるかもしれませんし……」

見初が懸念を抱いていると、玄信は師匠を見下ろしながら言った。

「ならば我の道場に来るとよい。ちょうど料理番が欲しいと思っていたところだ」

「そうじゃのぅ……じゃが、ネカフェに行けなくなってしまうのは……」

たった二日間で、師匠はネカフェ中毒になっていた。

「案ずるな。道場の脇にネカフェを作る予定だ」

「おお、それじゃあ世話になるとするかのぅ」

話が纏まったところで玄信と師匠が歩き始め、弟子たちがその後に続く。

「…………」

空木は、安心したような、それでいてどこか寂しそうな表情で、徐々に遠ざかっていく師たちを眺めていた。そして自分は反対の方角へと歩き出そうとする。その時、玄信が後ろを振り向くことなく叫んだ。

「何をしている。貴様もさっさと来い！」

そう呼びかけられ、空木ははっと息を呑んだ。すると師匠も立ち止まり、背後を振り向いた。

「空木、今夜の夕飯は焼き魚とキノコ鍋でいいかのぅ？」

「……………はいっ！」

目元を袖で拭い、空木が師匠たちに向かって駆け出す。見初は大きく手を振り、その後ろ姿を見送った。

第三話　魔女と懐中時計

日が暮れ始め、雲一つない晴れ空が次第に鮮やかな茜色に染まっていく。窓から差し込む西日の鋭い光に、店主は眩(まぶ)しそうに目を細めた。折り畳んだ新聞紙をレジの上に置き、ゆっくりと椅子から立ち上がる。窓のブラインドを下ろそうとしたところで、チリンと鈴の音が鳴り店のドアが開いた。

店内に入って来たのは、十歳ほどの少女だった。

暗幕のような真っ黒なローブを身に纏い、先端が尖(と)った帽子を被っている。自分の背丈より少し長い箒(ほうき)を握り締め、鳶(とび)色の瞳で物珍しそうに店内を見回す姿に、店主は小さく噴き出した。

「まるで仮装だな。まあ、似合ってるけどさ」

「ひぎゃっ」

途端、少女は奇声を上げて勢いよく店主へと振り返った。

「あ、あんた、私の姿が見えてるの？　ただの人間のくせに？」

「何だ、見られちゃ何か都合が悪いのか？」

「そんなことはないわよ。ただびっくりしただけで！」

少女はこほんと軽く咳払いをして、自分の胸に手を当てながら誇らしげに名乗った。

「聞いて驚きなさい、私は魔女よ。この間、やっと空を飛べるようになったから、この国に遊びに来てみたの」

「………」

そこで二人の会話が途切れた。かちこち、と時計の針が時を刻む音だけが店内に響く。

店主は無言で丸椅子に腰を下ろし、再び新聞を読み始めた。

「コラ！　無視すんな、そこ！」

少女の怒声が沈黙を引き裂く。店主は小さく溜め息をつくと、煩（わずら）わしそうに顔を上げた。

「魔女だって言うなら、魔法の一つでも見せてみろ。物を浮かせたり、火を起こしたりとか」

「そんなの出来るわけないじゃない。まだ半人前なんだから……」

素っ気ない口調で要求され、少女は拗（す）ねたように唇を尖らせた。

「それで、半人前の魔女がうちの店に何の用だ？」

「何となく立ち寄ってみただけで、特に用なんてないわよ。にしても、時計ばかり置いてるのね」

少女が目を瞬かせながら、陳列棚や壁に飾られた時計を眺める。店主は「そりゃ時計屋だからな」と、少し呆（あき）れたように言った。その物言いが気に入らなかったのか、少女がむっと顔をしかめる。

「世間知らずで悪かったわね。普段山奥で修行ばかりしているから、人里に出てくることなんて滅多に……」

少女はそこで言葉を止め、店主へと早足で歩み寄った。

「それ、気に入っちゃった。私が貰ってあげる」

「それ？」

「あんたが首から提げてるその時計よ。ね、いいでしょ？」

声を弾ませて、店主の胸元で鈍色に輝く懐中時計を覗き込む。美しい装飾が施された蓋の下から、微かに小気味のよい音が聞こえてくる。

店主は少女の顔をじっと見詰めてから、新聞に視線を戻した。

「これは売り物じゃないんだ。懐中時計なら他にもたくさん置いてあるから、そっちにしてくれ」

すげなく断られても、少女は諦めない。

「嫌よ、私はその時計が欲しい。だからそれを寄越しなさいよ。さもないと……」

「さもないと？」

「……ムキャーッ！　別に売り物じゃないなら、譲ってくれたっていいでしょ⁉」

咄嗟に脅し文句が思い浮かばなかったのか、少女が地団駄を踏んで食い下がる。こんな薄汚れた時計が、そんなに欲しいのだろうか。店主は懐中時計を見下ろしながら、その表面をそっと撫でた。

それから暫し考えを巡らせ、おもむろに口を開く。

「そんなに欲しいなら、くれてやってもいい。ただし、一つだけ条件がある」

「な、何よ、条件って」

「お嬢ちゃんが一人前になったら、時計を譲ってやるよ」

「はぁっ⁉」

突き付けられた条件に、少女が不満そうな声を上げる。しかし店主は表情を変えることなく、懐中時計の表面を軽く叩きながら言葉を続けた。

「これは大事なものなんだ。魔法もろくに使えないような半人前に渡せるわけないだろ」

「ぐぬ……ぐぬぬ……」

ぐうの音も出ず、少女は箒を握り締めて店主を睨み付ける。これで諦めるだろう。そう高を括る店主だが、その考えは甘かった。

「……分かったわ」

「ん？」

「その言葉、忘れるんじゃないわよ。絶対に一人前の魔女になってやるんだから！」

少女は鼻息荒く啖呵を切り、くるっと身を翻した。そしてそのまま店から出て行こうとするので、店主は「お嬢ちゃん」と引き留めた。

「いいもんやるよ。その箒を少し貸してみな」

「え？　まあ、いいけど……」

素直に差し出された箒を受け取り、店主は店の奥の工房へ向かうと、作業台にぽつんと置かれていたカッコウの模型を手にした。廃棄予定の鳩時計を分解して取り出したものだ。胴体の部分に小さな穴を開けて、そこに細くて長い釘を差し込む。そして修理用のハンマーで、箒の先端にカッコウを打ち付けた。

「ほらよ、お嬢ちゃん」

「私の箒がっ!!」

愛用の箒に許可なく付属品を取り付けられ、少女は愕然(がくぜん)とした。

「地味な見た目だったからな。可愛くしてやったぞ」

「勝手に変なもの付けんじゃないわよ！　この箒作るのに、半年かかったんだから……」

ぶつくさ言いながら店を出ると、少女は箒に跨(また)って瞼(まぶた)を閉じた。

「おい、お嬢ちゃん？　いったい何を……」

追いかけてきた店主が怪訝(けげん)そうに声をかける。

「今集中してるから黙って」

少女は店主の言葉を遮(さえぎ)ると、大きく深呼吸をして黒いブーツで地面を軽く蹴った。

ふわりと、少女を乗せた箒が宙に浮かんだ。そして重力などものともせず、徐々に高度を上げていき、ゆっくりと前へ進み始める。

本当に魔女だったのか。店主が呆然と立ち尽くす中、少女は軽やかに夕焼けの空を駆け――

「アァーッ!!」

僅か数メートルほど進んだところで、ぐらりとバランスを崩して墜落した。

「……大丈夫か？」

慌てて駆け寄った店主が恐る恐る声をかける。少女はむくりと起き上がり、店主にぐいっと箒を突き出した。

「あんたが箒にこんなもん刺したせいでしょうが!!」

どうやらカッコウを取り付けたせいで、上手く重心が取れなくなってしまったらしい。

「悪かったな。外してやるから、もう一度貸してみろ」

「うっさい！　いつまでも小鳥なんかに振り回される私じゃないわ！」

少女は差し伸べられた手を振り払い、再び箒に跨った。

「おい、やめとけ。海に落ちたら死ぬぞ！」

「落ちないわよ！　この私を舐めんじゃ……あぁぁぁっ」

店主の制止を振り切って空に舞い上がる少女だが、その小さな体はぐらぐらと左右に傾いていた。それでも何とか少しずつ前進していく。

真っ赤な夕日の向こうに消えていく黒い影を、店主はいつまでも見守り続けていた。

◆◆◆

寒さが少しずつ増してきた十一月初旬。ホテル櫻葉の花壇では、シクラメンやコスモスがそよ風に揺れていた。

「ふんふんふーん」「ぷぅぷぅぷぅー」

この日の水やり担当は見初だ。鼻歌交じりに如雨露で水を撒く。その足元では、白玉が時折飛んでくる水滴に向かって、ちょいちょいと前脚を伸ばしている。

「よし、今日の水やり終了っと」

空っぽになった如雨露を片付けに行こうとする。一緒について来ようとする白玉だったが、ふと空を見上げて「ぷぅ?」と首を傾げた。

「ぷぅぷぅ」

「白玉どうしたの? ……上?」

白玉に促されて見初も空を見上げると、柔らかな薄青の空に綿あめのように真っ白な雲がまばらに浮かんでいる。

一瞬黒い何かが横切った気がした。見初はゴシゴシと目を擦ってから、再度空を仰ぎ見た。見間違いではない。黒い物体がホテルへと近付いてきている。

「何かが……来る‼」

より一層目を凝らすと、次第にその姿がはっきりとしてくる。人型の物体がアニメや漫画に登場するような箒に跨って空を飛んでいる。

まるでファンタジー映画のワンシーンを見ているようで、見初は口をぽかんと開けて固まった。

「ま、魔女……？」

ホテルの上空付近までやって来たところで、魔女と思しき人物はゆっくりと降下を始める。そして見初たちの目の前に優雅に降り立った。

「へえ。あんた、人間のくせに私の姿が見えるのね。もしかして、ここの従業員？」

歳は十五、六歳だろうか。とんがり帽子に裾の長いローブ、それから革製の編み上げブーツ。頭からつま先まで黒一色で統一した魔女が、見初に問いかける。

「は、はい。そうですが、あなたは……」

聞くまでもないと思うが、念のための確認である。

「そんなの見れば分かるでしょ。魔女に決まってるじゃない」

魔女はニヤリと口角を上げて名乗った。

「通りすがりのモンスターに勧められたのよ。何か困ったことがあったら、ホテル櫻葉に行ってみろって。何ここ、人外専門の駆け込み寺みたいなところなの？」

「私たちはまったくそんなつもりはないんですが、いつの間にかそうなっていたと言いますか……」

怪訝そうな表情でロビーを見渡す魔女に、見初はごにょごにょと口ごもった。

「魔女って本当に実在していたのね。死神さんは、以前いらっしゃったことがあったけど……」

永遠子が興味津々の目で魔女を観察する。彼女の言う死神とは、かつてある人間との決着をつけるため、この地にやって来た男のことだ。

「あんたたち、喜びなさい。魔女に出会うと幸運が得られるのよ」

「そんな逸話聞いたことがないぞ……」

冬緒が呆れ気味に指摘するが、それに構うことなく魔女は本題を切り出した。

「昔行ったことのある時計店を探してるの」

「時計店？」

見初が不思議そうに復唱する。

「街並みがすっかり変わってしまって、場所が分かんなくなっちゃったのよ。トウキョウやオオサカに比べたら、全然マシだけど。あの辺りは魔境ね」

「えっ……む、昔って何年前のお話ですか？」

「五十年くらい前だったと思うけど」

魔女はしれっと答えた。それを聞いた永遠子が少し間を置いてから、問いかける。

「もしかしてそのお店って、牧田時計店じゃないかしら？」

「マキタ？」

「古くからあるお店で、私もそこで買ったことがあるの。ほら」

そう言って永遠子は制服の袖を軽くまくり、自身の腕時計を見せた。ピンクゴールドを基調としたエレガントなデザインで、盤面の隅には小さな花が描かれている。

「ふーん、結構可愛いのを売ってるのね……いいわ、そのマキタ時計店とやらに連れて行ってちょうだい」

というわけで、永遠子は魔女を牧田時計店に案内することになった。

小さな商店街の一角、布団屋とラーメン屋に挟まれる形で、その店はあった。築五十年以上の古びた建物で、黒地の看板に白いペンキで店名が書かれていた。

「ここだったかしら……ちょっと記憶が曖昧なのよね」

魔女は店の前で、ううんと小さく唸った。

「と、とりあえず中に入ってみましょうか」

魔女を促しながら、永遠子は店のドアを押し開いた。チリンと可愛らしい鈴の音が鳴る。

腕時計、掛け時計、目覚まし時計、懐中時計。店内には様々な種類の時計が、ところせましと並べられていた。かち、かちと秒針が無機質な音を鳴らしながら、時を刻む。隅に置かれた柱時計の振り子が、メトロノームのように左右に振れている。

無数の時計に囲まれ、魔女はぱちぱちと瞬きを繰り返していた。時を刻む音に耳を澄ませながら、記憶の糸を辿る。

夕日に照らされてオレンジ色に染まった店内が、脳裏に思い浮かぶ。

「……いらっしゃい」

その低い声に何気なく視線を向けると、丸眼鏡をかけた男がレジ横の丸椅子に座り、新聞紙を広げていた。魔女は男を食い入るように見詰めたかと思うと、次第に顔を引き攣らせていった。

「ひ……ひぃぃぃっ！」

「どうしたの⁉」

自分の背中に隠れてしまった魔女に、永遠子はビクッと肩を跳ね上げた。魔女はぷるぷると震える指で、男を指差した。

「何であいつ、五十年前と全然見た目が変わってないの？　人間じゃなかったの⁉」

「……祖父なら十年前に病気で亡くなったよ。今は俺が店を経営している」

男が新聞から目を離し、溜め息交じりに言う。それを聞いて魔女は深く息を吐いた。

「な、なーんだ、孫か。驚かせるんじゃ……ん、ちょっと待った。あんた、私のこと見えるの？」

「まあ、見えるけど……というか、何だその格好。ハロウィンの時季はとっくに過ぎてるぞ」

仮装と勘違いされていると分かり、魔女は「あ？」と眉を顰めた。が、すぐに平常心に戻って自分の正体を明かす。

「私は魔女よ、魔女。そこらのコスプレと一緒にしないでくれる？」

「魔女……ああ、いつかは来ると思ってたよ」

店主は驚きの表情を見せながらも、どこか合点したように言った。

「えっ？」

「昔、この店に魔女が来たことがあるって、爺さんからよく聞かされていたんだ。親父は信じていなかったけどな」

「ふうん。それなら話は早いわね」

魔女はしたり顔で店主にずいっと手を差し出した。

「一人前の魔女になってやったわよ。さあ、約束通り懐中時計を渡しなさい」

「………」

店主は魔女の顔と差し出された手を交互に見てから言った。

「爺さんが亡くなったから、その約束は無効だ。あんたに時計を渡して欲しいと頼まれてもいないしな。悪いが帰ってくれ」

冷たくあしらわれ、魔女の顔が怒りで染まる。

「はぁぁぁ？　何よ、その屁理屈！　この店木っ端みじんにするわよ！」

「それはマズいんじゃないかしら⁉」

魔女から物騒なワードが飛び出し、二人を見守っていた永遠子がすかさず止めに入る。

「好きにしろ。そんなことをすれば、懐中時計も壊れるけどな」

「キィイイイッ！　いいから寄越しなさいよ！　私がどれだけ頑張ったと思ってんの⁉」

態度を改めようとしない店主の両肩を揺さぶりながら、魔女は声を荒らげた。そして見兼ねた永遠子に「やめなさい！」と後ろから羽交い絞めにされる。

甲高い怒声が針の音を掻き消す中、店主は落ち着き払った声で言った。

「……この店はもうすぐ閉店する」

「え、そうなの？」

手足をばたつかせていた魔女が、ぴたりと動きを止める。店主は頷いてから店内を見回した。

「そうだな。店に残っている時計をすべて売ってくれたら、祖父の懐中時計を譲ってやる」

「全部？　それは流石にちょっと……」

店主が突き付けてきた難題に、永遠子が苦言を呈そうとする。だがそれは、魔女の闘争心に火をつけた。懐中時計を手に入れるためなら、出雲中の時計も売りかねない。

「上等よ！　やったろやないかいっ‼」

店主を指差しながら啖呵を切り、勇ましい足取りで店から出て行く。永遠子も慌ててその後を追い、外に出たところでガシッと肩を掴まれた。

「もちろん、あんたたちも手伝うんだからね」

据わった目で凄まれた永遠子に拒否権はなかった。

二人がホテル櫻葉に戻ると、早速緊急会議が開かれた。

「何で俺たちまで巻き込むんだよ！」

冬緒から抗議の声が上がったが、魔女に「協力してくれないと、ホテル爆破するわよ」と脅されて口を噤む。ホテルそのものを人質にされては、従う他ない。

「でも、協力しろって言われても……私たち、何をすればいいんですかね？」

妖怪たちのトラブルに巻き込まれることは多々あれど、この手のケースは初めてだ。本格的なマーケティング活動など皆無の見初は、早くも途方に暮れていた。

「そうね。まずはたくさんの人に興味を持ってもらうために、チラシを作ろうと思うの。

それと、天樹くんに特設サイトを作ってもらったり。地方紙に広告を掲載してもらう手もあるわ。地方限定なら、テレビＣＭもいけるかも……？」

「し、新聞？　ＣＭ……？」

何だか話が大きくなってきた。永遠子の呟きに、見初は若干の戸惑いを覚える。

「新聞社やテレビ局に、知り合いがいるの。その人たちに頼んでみるわ」

「左様でございますか……」

ホテル櫻葉の危機に、永遠子は自らのコネクションをフルに活用しようとしていた。

「ところで、あの魔女は？」

冬緒が怪訝そうに魔女の姿を探す。ホテルに戻ってから姿が見えない。

「あの子なら、レストランでお蕎麦食べてるわ。暫くうちに泊まるんですって」

「あいつ全部こっちに丸投げしてないか⁉」

「さあ頑張るわよ、みんな！」

すべては祖母が遺したホテルを守るため。永遠子の双眼は、並々ならぬ気迫に満ちていた。

◆　◆　◆

それから数日後。天樹が作成したサイトを見たという女性から、掛け時計を購入したいと注文の電話が入った。

「キターッ！　早速届けに行くわよ！」

出雲大社名物・俵まんぢう片手に、魔女が鼻息荒くガッツポーズを取る。饅頭を口に頬張り、そのまま出陣しようとするので、見初は慌てて前に立ちはだかった。

「ふぉっひょ、ひょこふぉきなひゃいよ」

ちょっと、そこどきなさいよ、と魔女が見初を睨む。

「で、でも、普通の人間に魔女さんの姿は見えませんから」

「……あ、そうだった」

魔女は口の中の饅頭を飲み込んでから、はたと思い出す。このホテルの従業員は、皆当たり前のように自分の姿が見えているので、うっかり忘れていた。

しかし魔女は、ここで妙案を思い付く。

「よし、あんたも一緒について来なさい」

「一緒にって、どうやってですか？」

嫌な予感がするが、見初は聞かずにはいられなかった。

「そんなの決まってるじゃない。私の後ろに乗ればいいのよ」

「やっぱり……」

「誰かを乗せるのは初めてだけど、多分大丈夫でしょ。いけるいける」

しかも、ぶっつけ本番。

この魔女、宣伝等をすべて永遠子たちに任せて自分は出雲観光を楽しんでいたくせに、注文が入った途端、突然やる気を見せ始めた。

「ちょっと待ってください」

このままでは死ぬ。見初は慌てて魔女を止めようとする。

「何でよ」

「絶対に落ちると思います」

そしてもう一つ、ある懸念があった。

「それに人間が空を飛んでいるところを見られたら、大騒ぎになっちゃいますし……！」

未確認飛行物体としてスポーツ新聞の一面を飾る自分を想像して、見初は強く訴えた。妖怪に連れられて空を飛んだことは何度かあるが、今までよく見付からなかったものである。

「はぁ。世話が焼ける子ね。ちょっと待ってなさい」

魔女は大きく溜め息をつくと、一旦客室へと戻って行った。

「はいどうぞ。私の予備を貸してあげる」

魔女から差し出されたのは、彼女とお揃いのとんがり帽子とローブだった。

「私の髪の毛を編み込んで作ったものよ。私の魔力が宿っているから、身に着けると霊力がない人間には姿が見えないようになっているの」

「えっ、何だか魔女っぽいですね」

「ぽいとかじゃなくて、魔女よ！　それと、空から落ちても無傷で済むように、守りの魔法もかけてあるから」

その言葉を聞いて見初は安堵する。そういうことなら、万が一の事態が起こっても大丈夫だろう。

「そうなんですね。よかった……」

「……高度が高けりゃ普通に死ぬだろうけど」

「魔女さん、今何か言い……」

「さあ、出発よ！」

魔女が発した不吉な呟きは、見初の耳には届いていなかった。

時計店から預かっていた時計を丁寧に包装して、紙袋に入れる。それを持ってホテルの屋上へと向かう。

「うん。いい風が吹いてるわね」

南の方角から吹く風にローブをなびかせながら、魔女は満足そうに目を細め、愛用の箒に跨った。

「あんたも早く乗りなさい」

「その前に、一つお聞きしたいことが……」

「ん？」

「その小鳥さんって何ですか？」

とんがり帽子とローブを身に着けた見初は、箒の先端を指差した。一休みしているように、小さな鳥の模型がちょこんと載っている。真っ白な胴体に水色の翼の可愛いデザインをしている。

見初の問いに魔女はふん、と鼻を鳴らした。

「……どっかの馬鹿が勝手に取り付けたのよ。ほら、モタモタしないで」

「は、はい……」

魔女に促され、見初は一瞬逡巡してから魔女の後ろに腰を下ろした。どうしても不安が拭い切れずにいるが、ここまで来たら覚悟を決めるしかない。目の前の小さな背中にぎゅっとしがみつく。

「それじゃあ、しっかり掴まってるのよ」

見初に指示してから、魔女は瞼をゆっくりと閉じた。両手で箒を握り締めて、大空を駆ける自分をイメージする。

枯れ葉の匂いが秋風に乗って流れてくる。魔女は大きく深呼吸をし、コンクリートの床を軽やかに蹴った。

「ひょえっ」

途端、浮遊感に襲われて見初は悲鳴を上げた。恐る恐る視線を落とすと、足が床から離れて宙に浮いている。見初が目を丸くして硬直している間にも、箒は徐々に高度を上げていく。両足がぶらんと投げ出され、バランスが崩れそうになる。

「あわわわっ」

見初は膝を曲げ、後方にぎゅっと折り畳んだ。

地上から遠ざかり、青空へと近付いていく。帽子の長い鍔が影を作り、強烈な日差しを遮りながら、二人を乗せた箒が緩やかな速度で進み始める。

何故か後方に向かって。

「魔女さん、何か逆行してますよ⁉」

「仕方ないでしょ！　あんたが乗ってるせいで、上手く前に進めなくなったのよ！」

「やっぱり無理なんじゃないですか！」

そうと分かっていれば、絶対に同乗を拒否していたのに。フライト直後に重大な欠点が明らかになった。見初の恐怖指数が一気に跳ね上がる。後ろにしか飛べない箒なんて、心臓がいくつあっても足りない。

「お願いですから、下ろしてください！」

「ワガママ言ってないで行くわよ！」

見初の懇願が聞き入れられることはなかった。

見初の悲鳴を撒き散らしながら後ろ向きで飛行を続けていた箒は、注文客の自宅付近にある雑木林に向かって降下していった。

「ひぃひぃ……」

「こら、地面に寝転ぶな！　ローブが汚れちゃうでしょ！」

死に体で地面に横たわる見初を、魔女がたしなめる。

「そ、それじゃあ、時計を届けに行ってきますね……」

見初は帽子とローブを脱ぎ、紙袋を両手で抱えながら客の家へ歩き始める。その足取りはふらついていた。

玄関のインターホンを鳴らすと、程なくしてスピーカーから「はい」と女性の声が聞こえてきた。見初が名乗ると、「ちょっと待っててくださいね」と嬉しそうな反応が返ってくる。

玄関から出てきたのは四十代の女性だった。部屋の模様替えに合わせて、新しい掛け時計を探していたらしい。女性が選んだのは、文字盤にローマ数字が使われている丸型のシンプルなデザインだった。

「あの子大丈夫かしら……」

見初が女性と話している間、魔女は門壁に隠れて待っていた。

「修理はどこにお願いすればいいですか？」

「はい。修理の際は、メーカーに問い合わせてください」

二人のやり取りに聞き耳を立てながら、欠伸や背伸びをする。数分後、玄関のドアが閉まる音がし、見初が戻ってきた。魔女がそわそわした様子で、見初の顔を覗き込む。

「バッチリ売れましたよ！」

空になった紙袋を掲げ、見初は親指を立てた。

◆　◆　◆

「……まさか本当に売ってくるとは」

二人が牧田時計店を訪れると、店主は感心したような呆れたような表情を見せた。

「ふん。見てなさい、この調子で全部売ってやるわ」

「その気概がいつまで続くか見ものだな」

「キィイイッ！」

実年齢は魔女のほうが上のはずなのだが、歳上としての威厳や余裕がまったく見られない。瞬間湯沸かし器という単語が、見初の脳裏に浮かんだ。

「まったく、可愛くないガキね……あ、喉乾いたから、何か飲ませてちょうだい」

「どうして俺が……」

「店の売上に貢献してあげてるんだから、茶の一杯くらい出しなさいよ」

魔女が頬を膨らませて文句を言うと、店主は小さく溜め息をついた。そして見初へと目を向ける。

「……君も飲んでいくといい」

「え、いいんですか？」

「こんなことに巻き込んでしまったんだ。そのくらいはさせてくれ」

店主は「それに」と一旦言葉を切り、魔女に視線を戻した。

「この女のためだけに茶を淹れるのも癪だからな」

直後、魔女の怒声が店内に響き渡った。

見初と魔女を店の奥に通すと、店主は「少し待っていてくれ」と恐らく台所へと消えて行った。ここは工房なのだろう。見るからに使い古された作業台の脇に、工具やルーペが置かれている。そして隅にある棚には、針が止まったままの時計がいくつか置かれていた。

見初がそれらを眺めていると、店主がお盆に緑茶とお茶請けの饅頭を載せて戻ってきた。

饅頭は布団屋の主人からいただいた物だという。

「ではお言葉に甘えて……」

見初は大きな口を開けて饅頭を頬張った。こしあんの甘みが疲れた体に染み渡る。

「ねえ。あそこにあるのは？」

緑茶を啜(すす)りながら、魔女が棚に置かれている時計を指差す。店主は棚をチラリと見て、淡々とした口調で答えた。

「傷や汚れがついて売り物にならなくなったやつだ。そのうち処分しようと……」

「はぁ？　これくらいで捨てるとか、勿体ないじゃない」

魔女は棚に歩み寄ると、そこに並べてある時計の一つを手に取った。

ベルトの革の部分が僅かに擦れているが、それ以外に目立った傷や汚れはない。他の時計も側面にうっすらと汚れがついていたり、少しだけ塗装が剥(は)げていたりと、使用上は問題なさそうなものばかりだ。

「よし。これも全部、売ってきてあげる！」

「俺は不良品で金を取るつもりはないぞ」

強気な表情で宣言する魔女に、店主は呆れたような口調で言った。

「……でしたら、いっそのことタダであげちゃうのはどうですか？」

二人のやり取りを静かに聞いていた見初が、小さく手を挙げて提案する。

「当てはあるのか？」

「まあ、一応は……」

店主の問いに歯切れの悪い返事をする。「どうするつもり？」と怪訝そうに顔を近付けてきた魔女に、見初はひそひそと耳打ちした。

「妖怪のみんなにプレゼントしようかなって……」

「は⁉　あんた何言ってんの⁉」

魔女が素っ頓狂な声を上げる。しかし見初はごにょごにょと話を続けていく。

「うちのホテルでも、時計に興味を持っているお客様結構多いんですよ」

太陽や月の位置を見なくても、今現在の時間がすぐに分かる。そんな便利な道具、欲しいに決まっているのだ。客室のナイトパネルを強引に取り外そうとする客も、たまにいる。

「ふーん……まあ、そういうことなら、あんたの話に乗ってあげる」

魔女は半信半疑といった様子で頷くと、店主のほうをくるりと振り返った。

「というわけで、あの棚に置いてあるのも全部持って行くから」

「……勝手にしろ」

こちらを見ることなく突き放すような口調で言われ、見初は「怒ってるのでは？」と少し心配になった。だが魔女はそれに構わず、女性客の注文の品を入れていた紙袋に時計を次々と詰めていく。

「じゃ、そろそろ帰るわよ。再放送のドラマも観たいし」

「はい。あ、お茶とお饅頭ありがとうございました」

見初はぺこりとお辞儀をすると、工房から颯爽と出て行った魔女の後を追う。

室内に静寂が訪れる。店主は軽く咳をしながら、二つの湯呑みを盆に載せた。台所に向かおうとして、がらんとした棚が目に留まったが、どうということもないように、すぐに視線を逸らした。

◆ ◆ ◆

翌日、昨日と同じようにとんがり帽子とローブを身に着けた見初は、後ろ向きに進む箒から地上を見下ろしていた。右腕に紙袋を提げながら。

「えーと……確かこの辺りに河童ファミリーの川があるはず……」

「カッパ？　ああ、川に人間を引きずり込むモンスターよね。……え、そんな奴らのところに行くの？」

「大丈夫です。うちに来る河童さんたちは、全然危なくないですから」

不安を隠せない様子で後ろを振り向く魔女に、はっきりと断言する。彼らは胡瓜をこよなく愛する、ホテル櫻葉の常連客である。特に害はない。

「あっ、見えてきました！　あそこです！」

木々に囲まれた小さな川が見えてきて、見初は声を弾ませた。

「本当に大丈夫なんでしょうね……」

魔女が箒の速度を緩やかに落としながら、少しずつ地上へ降りていく。

明るい陽光に照らされた水面が、きらきらと光り輝く。川に近付くにつれて、せせらぎと言うには力強く重みのある水音が聞こえてくる。本日は川の流れが激しいようだ。

「て……けて……」

聞き覚えのある声が微かに聞こえて、見初は「ん?」と耳を澄ませる。

「たすけて……たすけてー……」

先ほどより、はっきりと聞こえてきた。間違いない、子河童の声だ。しかしその姿が見当たらない。見初は目を皿のようにして付近を見渡した。

「助けてーっ！　誰か助けてーっ！」

子河童がじたばたともがきながら、為す術なく川に流されているのを見付けた。完全に溺れている。

「早く助けないと……！」

「水の妖怪なんだし、放っておいても平気じゃないの?」

「何言ってるんですか！　このままだと海に出ちゃいますよ！」

「いたたたたっ！　分かったから、ちょっと落ち着きなさいって！」

近くに河童夫婦の姿もない。見初は魔女の背中をバシバシと叩き、「早く！」と子河童の救出に向かうように促す。

「子河童さーんっ！」

箒の穂先が水面につくかつかないかの高さまで降下すると、見初は子河童に向かって手を差し伸べた。

「うわぁぁんっ、鈴娘さぁーんっ！」

子河童も見初に気付き、必死に両手を伸ばす。だがあともう少しのところで、届かない。

「もうダメだぁぁーっ！」

「諦めないでください！　ファイトーッ‼」

見初は箒から身を乗り出し、呼びかけながら子河童へ懸命に手を伸ばし続ける。

「い、いっぱーつっ‼」

子河童が最後の力を振り絞ってその手に何とかしがみついた。

「やった……！」

見初の顔に安堵の笑みが浮かぶ。

そして気が緩んだ拍子に大きくバランスを崩して、ぽちゃっと川に落ちてしまった。

「ぎゃあああっ」

「バカーッ！」

見初が子河童もろとも彼方へ流されていく。魔女は怒声を上げながら、慌てて二人を追いかけようとする。

その時、近くの茂みから緑色の物体がヒュッと飛び出し、川へとダイブしていった。

「おーい、鈴娘～」

「大丈夫ですかぁ～？」

今まで姿の見えなかった河童夫婦である。華麗なバタフライ泳法で水を掻き分け、見初たちを助けに向かう。どうやら泳ぐ練習をしていた我が子を、こっそり見守っていたらしい。夫婦に救出された見初と子河童は、岸辺へと運ばれた。

「ありがとうございま……ゲホッ、ゴホッ」

「だから放っておけばよかったのに。あんたって子は……」

魔女はローブの裾から木の枝のような杖を取り出すと、全身ずぶ濡れの見初に向かって軽く振った。杖の先端に淡い緑色の光が灯ったと同時に、地面から温かな風が吹き上げて見初を包み込む。

川の水を吸って重くなっていた帽子とローブが、みるみるうちに乾いていく。紙袋と、その中に入っていた時計にも濡れた形跡が一切残っていない。

「これが魔法……！　魔女さん、すごいです！」

「ふふんっ」

見初から羨望の眼差しを向けられ、誇らしそうに胸を張る魔女。その様子を見ていた河童主人が、しみじみとした口調で言う。

「ほぇ～、魔女って本当にいたんだなぁ。あの男の言っていた通り、あまり賢そうに見えないけど……」

「頭の皿かち割るわよ」

魔女が真顔で杖を河童主人の頭に突き付ける。この人なら本当にやりかねない。見初は慌てて二人の間に割り入った。

「ま、まああ。それより、あの男というのは……？」

「昔、街をブラついていたら、妖怪が見える人間と出会ったことがあったんだぁ」

見初の疑問に答えるように、河童主人が思い出話を始める。

「時計屋の主人で、ちょうど店の前を掃き掃除していたなぁ」

「その人って……」

見初が魔女をチラリと見るが、彼女は落ち着いた表情で河童の話に耳を傾けていた。

「そいつから胡瓜をもらって食べてたら、『魔女は妖怪と何が違うんだ』って聞かれたんだぁ」

「それで河童さんは何て答えたんですか？」

「多分国籍が違うって答えたなぁ」

河童主人はお腹をポリポリと掻きながら答えた。やけに現実的な回答である。

魔女が見えるのなら、河童が見えても不思議ではないだろう。ひょんな形で、先々代の話を聞くことができた。

「ところで、鈴娘たちは何しにきたんだぁ？」

「あっ、そうだ。河童さん、時計欲しくありませんか？」

見初は手短に事情を話した後、持参してきた時計を一通り見せた。すると河童主人は「ちょいとタイム」と言い、妻子と話し合いを始めた。どの時計をもらうか、相談しているようだ。

そして三十分後。

「それじゃあ、これにするかぁ。何か洒落(しゃれ)てるし」

長い話し合いの果てに河童主人が選んだのは、濃紺の懐中時計だった。蓋の部分に三日月や星の装飾が施され、太陽を思わせるオレンジ色の石が埋め込まれている。まるで宇宙を閉じ込めたような幻想的なデザインだ。

「もし電池が切れちゃったら、ホテルに持ってきてください」

「了解だぁ。いいもんもらったなぁ、ほれ」

父親から懐中時計を手渡され、子河童が「わーいっ！」と目を輝かせて喜んでいる。

「鈴娘さん、ありがとー」

は川辺を飛び立った。

「それはダメっ」

防水加工がされていないので、くれぐれも水に濡らさないようにと釘を刺し、見初たち

「今日からこれ着けて泳いでもいい？」

「うん。大事に使ってね」

次にやって来たのは、以前白玉の家出騒動でもお世話になった雪神(ゆきがみ)たちが暮らす山だ。

「魔女だ……初めて見るな」

「身長が五メートルあって口が裂けていると聞いたことがあるが、見た目は普通の人間だな」

「サインくれないか？」

毛むくじゃらの雪神たちに囲まれ、魔女は「ひぃぃぃ」と腰を抜かしていた。地元の山に棲(す)んでいる雪の妖精に、見た目がそっくりらしい。その妖精はジャックフロストと呼ばれており、悪戯(いたずら)好きで人を凍らせることもあるそうだ。

「あれ？　雪神さんってこんなにスリムでしたっけ……？」

見初は久しぶりに見る雪神たちに、怪訝そうに首を傾げた。真冬の頃に比べて、ずいぶんと細くなっているような気がする。ちゃんとごはんは食べているのだろうか。

「この時季は毛の量がまだ少ないからな。梅雨頃に一度すべて抜け落ちて、そこから冬に向けて生え変わっていくんだ」

雪神の長老が見初の疑問に答える。ちなみに現在は、冬に備えて木の実やキノコを溜め込む時季とあって、たくさんの雪神たちが忙(せわ)しなく動いている。

「それで本日は何用じゃ。またあの仔兎が出て行ってしもうたのか？」

「あ、いえ。本日は……」

見初が来訪の目的を語ると、長老は若い衆を集めて話し合いを始めた。河童ファミリー同様、どの時計を選ぶかを協議しているようだ。

「なかなか決まらねぇな……」

「仕方あるまい。ここは殴り合って、最後まで立っていた者の意見を採用するかのぅ」

長老の提案により、乱闘が始まった。

「こいつら野蛮すぎない⁉ うちの山にいる奴らよりヤバいんだけど！」

目の前で始まった雪神同士の殴り合いに、魔女が愕然とする。

「ふ、普段は理知的な人たちなので……」

見初はごにょごにょと釈明をした。白玉を帰すためにソリに乗せて雪山のてっぺんから落としたり、かき氷食べたさに妖怪を監禁しようとしたり、手段を選ばないというか、ちょっと極端なところがあるのだ。

戦いのゴングが鳴ってから、十五分後。リクエスト権を勝ち取ったのは、長老だった。老体から繰り出される強靭な拳によって、若造たちを次々と沈めていったのである。

「では、目覚まし時計をもらうとするか」

「目覚まし時計……ですか？」

意外なチョイスだった。

「雪神は朝に弱い者たちが多いのじゃ。冬に向けて生活サイクルを改めなければならん」

「なるほど……ちょっと待ってください」

見初が紙袋から取り出したのは、雪神にぴったりな真っ白な目覚まし時計だった。丸型で、上部に銀色のベルが搭載されている昔ながらのデザインだ。

「ほぉ、耳がついておるのか。可愛らしいのぅ」

長老がベルの部分をちょいちょいとつつく。

「この時計は音が少しずつ大きくなっていくんです。試しに鳴らしてみますね」

見初はそう言って、後ろのつまみを回してアラームをセットした。ジリリ……とベルの部分が鳴り始める。

「おお……本当に音が鳴りおった。しかし、この程度ではうちの寝坊助どもは……」

ジリリ……！

「む？」

ジリリリッ！

「こ、これは……っ！」

次第に音量を上げていく時計に、長老がかっと両目を見開く。

ジリリリリリリッッッ!!

「うおぉぉおっ！」

「何だ何だっ⁉」

けたたましく鳴り響くベル音に、気絶していた若い雪神たちが慌ただしく起き上がる。

「恩に着るぞ、鈴娘。今度あの仔兎も連れて、遊びにくるとよい」

「はい！」

「ちなみに、こいつを止めるのどうしたらいいんじゃ？」

「あ、このボタンを押してもらっていいですか？　それと、このつまみを回すと……」

長老に時計の使い方をレクチャーし、見初たちは雪神の山を後にした。

その後も、二人はホテル櫻葉とゆかりのある妖怪や神様の下を訪ねて行った。

「お久しぶりでございます、べるがーる様！　ええと、そちらの黒いお方は……？」

黒地に炎の模様が入った着物を着た女が、怪訝そうに魔女へ視線を向けている。

炎細工の火呉(ひぐれ)。以前ホテル櫻葉で開催されたマルシェに参加したことのある妖怪だ。

「魔女よ。何か文句ある？」

「ま、ま……ひぃぃぃっ！」

途端、火呉は自分の小屋に逃げ込んでしまった。魔女は人間であろうと妖怪であろうと、じっくりことこと煮込んで食らうと……っ！」

「聞いたことがありますっ。魔女は人間であろうと妖怪であろうと、じっくりことこと煮込んで食らうと……っ！」

「食べるわけないでしょ！　オラッ、とっとと出て来い！」

「お助けをーっ！」

魔女が閉め切られた引き戸をガンガンと蹴り付ける。借金の取り立てにきたチンピラのようだ。見初は魔女を後ろから取り押さえ、小屋から引き離した。

「やめてください、魔女さん！　怖がってるじゃないですか！　火呉さんも大丈夫ですから、出て来てください！」

「べ、べるがーる様がそう仰るのであれば……」

びくつきながら火呉が小屋から出てくる。臆病な性格なのは、相変わらずのようだ。

見初が時計の説明をすると、火呉は「私にくださるのですか⁉」と表情をぱぁっと明るくさせた。喜びを表すように、彼女の周辺に桜色の火の玉がふよふよと浮かぶ。

火呉が選んだのは、デジタル式の黒い目覚まし時計だった。針と数字の部分には蓄光塗料が塗られており、暗闇の中でも時間が分かるようになっている。

「ちゃんと大事に使いなさいよ。すぐに壊したら、承知しないからね」

「わ、わっ、分かりました！」

魔女に凄まれて、火呉はコクコクと頷いた。

「妖怪たちに時計を……鈴娘様、あなたはいつも変わったことをなさいますね」

短く切り揃えた黒髪に、赤いフレームの眼鏡。妖怪専門の新聞、『風の文新聞』の刊行者である葉燕（ようえん）は興味深そうに微笑んだ。

「へぇ、魔女ですか。せっかくなんで、色々お話を聞かせてもらえません？」

「悪いんだけど、私メディアへの露出は控えてるから」

相棒の霧羽（きりう）が、魔女にインタビューの打診をするが、あっさり断られてしまう。葉燕に「霧羽くん、いきなり失礼ですよ」とたしなめられ、軽く肩を竦（すく）めている。

「それでは、こちらをいただきます」

葉燕が手に取ったのはクォーツ式の腕時計だった。黒い文字盤と赤い革のベルトの組み合わせが、シックな雰囲気を醸し出している。

「おっ。なかなか似合ってますよ」

早速時計を着けた葉燕に、霧羽がぱちぱちと小さく手を叩く。

「ありがとうございます。……以前知り合いにもらった時計も、同じようなデザインでしたね」

「ああ、そういえばそうでしたっけ。あの時計屋、結構いいセンスしてましたよね」

霧羽が思い出したように相槌を打つ。

時計屋、という言葉に見初は「え?」と目を丸くした。

「その時計屋さんというのは……」

「今から五十年くらい前かな。妖怪を見ても驚かない変わり者がいましてね。葉燕さんが時計に興味があるって言ったら、腕時計をくれたんですよ」

当時を振り返りながら霧羽が語る。その昔話に、魔女は呆れたように笑った。

「あいつ、モンスターの相手ばかりしていて、ろくに人付き合いしてこなかったのね」

「彼には妻子がいましたよ。出かける際は、いつも奥様とお子さんをお連れになっていたようですし」

すかさず葉燕が否定すると、霧羽が同調して頷いた。

「仲のいい夫婦でしたよね。奥さんがいつも首から提げてた懐中時計も、結婚記念日に贈ったものだそうですよ」

「ふぅん」

魔女は興味がなさそうに相槌を打ち、「帰るわよ」と見初に呼びかけた。

「はい!　葉燕さん、今日はありがとうございました」

「こちらこそ、素敵な贈り物をありがとうございます。今度、この時計の記事を書かせていただきますね」

葉燕がにこやかに手を振る。見初も手を振り返し、魔女の後ろに乗り込んだ。

後ろ向きに進む箒にも、そろそろ慣れてきた。時計をあらかた配り終えた頃には、空は燃えるように鮮やかな茜色に染まっていた。赤と金を混ぜ合わせたような残光が二人を照らす。

「魔女さんって、どんな修行をしていたんですか？」

美しい夕映えを眺めながら、見初は素朴な疑問を口にした。ずっと気になっていたのだ。

「秘密よ。そんな大事なこと、一般人に話せるわけないでしょ」

魔女は素っ気ない口調で答えた後、「でもまあ」と少し間を置いてから続けた。

「本来なら一人前になるには、三百年くらいかかるの。それをたった数十年で終わらせたんだから、私って天才よね」

「その割には、箒の操縦があまりお上手ではないような……」

それに気に入らないことがあるとすぐに口が出るし、足癖も悪い。見初が抱いていたイメージとは、大きくかけ離れていた。魔女と言えば、もっと神秘的で優雅な存在だと思っていたのに。

「文句あるなら、今すぐ篩から落とすわよ」

「め、滅相もございません。だけど、そんなに頑張れるくらい、店主さんの懐中時計が欲しかったってことですよね？」

魔女の怒りを逸らそうと、見初が慌てて別の話題にすり替える。

「……そりゃそうでしょ。あいつが首からぶら下げていた時計にはね、たくさんの想いがこもっていたの。一目見て、すぐに分かったわ」

魔女は遠くを見るような眼差しで答えた。

「想い？」

「持ち主の思い出みたいなものかしら。私たち魔女はね、そういったものにどうしようもなく惹かれてしまうの。人間にしてみれば、はた迷惑な話よね」

「まあ、それはそうですけど……」

「ちょっとは否定しなさいよ。遠慮のない子ね」

「だけど、それだけ人間が大好きってことですよね？」

その問いに魔女はくすりと笑った。

「他人の宝物を奪ってしまうんだもの。だったら、その対価として必死に修行くらいしてやるわよ」

普段とはまるで別人のような、穏やかな声が黄昏の空へと消えていく。そこには彼女なりの誠意と、人間に対する親愛が含まれていた。

「ホテルに帰る前に、あいつの顔でも見に行きましょ」

人気（ひとけ）のない場所に下り立つと、魔女は意気揚々と牧田時計店のドアを開けた。営業はしているようだが、店内にあの男の姿が見当たらない。いつも店主が座っている丸椅子の上には、几帳面に折り畳まれた新聞紙が残されていた。

「ちょっといないの？　いないなら、いないって返事しなさいよ！」

「うるさいぞ、何の用だ」

工房から店主が顰（しか）め面（つら）で姿を見せる。その手には、小さなドライバーが握られていた。

「あ、お邪魔してます」

見初がお辞儀をすると、店主もこほこほと咳き込みながら会釈をする。

「もうすぐ店を畳むからって、接客サボってんじゃないわよ。奥に引っ込んで何してたの？」

店内を見回しながら、魔女が呆れたように問う。壁や棚に飾られている時計の数は、以前より減っていた。腕時計を陳列していたショーケースも、がらんどうのまま放置されている。

「……店主として、最後の仕事をしているだけだ」

店主は掠（かす）れた声で、呟くように答えた。

かち、こちと残された時計の秒針が寂しげに時を刻んでいる。静寂が訪れることのないように。

「ご注文ありがとうございました。それでは失礼します」

見初は商品を客に手渡すと、深々とお辞儀をして表に出た。生垣の傍で、魔女が俯きながらプルプルと震えている。

「……魔女さん？」

「か……」

「か？」

上手く聞き取れず、見初が耳に手を当てて聞き返す。

次の瞬間、魔女は勢いよく顔を跳ね上げた。

「完売よぉぉぉぉっ‼」

両手でガッツポーズを取り、声高らかに叫ぶ。近くの電線に止まっていたカラスたちが、慌ただしく飛び立っていった。

「やりましたね……」

見初は耳を押さえながら、弱々しく相槌を打った。これもホテル櫻葉の首領（ドン）こと永遠子が、広い人脈を活かして宣伝しまくったおかげである。

「よっしゃ！　それじゃあ、時計を奪……貰いに行くわよ！」

「魔女さん、今奪うって……」

「細かいことは気にしない！　さあ、乗った乗った！」

「へ、へい」

急かされるまま、見初は魔女の後ろに乗った。

だが数日ぶりに訪れた牧田時計店のドアには、『臨時休業中』の貼り紙がしてあった。

店内も薄暗く、人の気配が感じられない。

「今日お休みみたいですね……」

「こんな時にあの男……タイミングが悪いんだから！」

魔女が苛立（いらだ）たしそうに地団駄を踏む。

「あれ？　お嬢さん、最近春（はる）くんのお店に来てた子だよね？」

見初に声をかけてきたのは、隣の布団屋から出てきた年配の男性だった。前掛けを着けているので、恐らく布団店の主人だろう。

「春くん？」

聞き慣れない名前に、見初は首を傾げた。

「この時計屋の店主だよ。春人だから、春くん」

そういえば、店主の下の名前を知らなかった。

「あ、そうなんで……ぐっ」

突然脇腹を突かれ、横を見れば魔女にギロリと睨まれた。店主はどうしたのか聞け、と目が強く訴えかけてくる。

「すみません。こちらのご主人に用事があってきたんですけど、いつまでお休みかご存じでしょうか？」

「あー……」

見初の問いに、男性は表情を曇らせた。

「春くんなら、二日前から入院してるよ」

二人は、布団屋の主人に教えられた病院に向かった。とある個室の引き戸をノックすると、「どうぞ」と愛想のない声が返ってくる。

「……失礼します」

見初は引き戸をゆっくりと開けた。白いベッドには、上体を起こして読書をする店主の姿があった。

「来たか。意外と早かったな」

店主は二人を横目で見ると、おもむろに本を閉じた。

「そういえばあんた、咳してたっけ。入院するくらいヤバいの？」

魔女が壁に寄りかかり、店主に問いかける。

「……婆さんの命を奪った病と同じだ。医者からも、あまり長くないと言われている」

「それが店を畳む理由？」

「両親には頼ることができないからな。爺さんが死んだ後、あの店を潰すかどうかで揉めたんだ。結局俺が跡を継ぐことになったが、その時に縁を切られた」

まるで他人事のような口調で店主は言った。それから、魔女に向かって「こっちへ来い」と手招きをする。渋々といった表情で、魔女はベッドへと歩み寄った。

「……約束だからな」

店主はサイドテーブルに置かれていた平箱を手に取り、魔女へ差し出した。

「これって……」

魔女は箱を受け取り、性急な手付きで蓋を開けた。見初も脇から箱の中を覗き込む。

そこに収められていたのは、鈍色（にびいろ）の光を放つ懐中時計だった。微かに針の音が聞こえてくる。

「これが、魔女さんがずっと欲しがっていた……」

「違う」

見初の声を遮るように、魔女が言葉を発する。そしてはっきりと断言した。

「私が欲しかったのは、これじゃない」

「え？　それじゃあ、これって……」

見初が戸惑っていると、店主は深く息を吐いて言った。

「……やっぱり分かるものなのか」

「魔女舐めるんじゃないわよ。バレないと思った？」

その言葉とは裏腹に、魔女の声は落ち着き払っていた。箱から懐中時計を取り出し、鳶色の双眼でじっと見詰めている。

「さっき、この店のことで両親と揉めたと言っただろ。その時、親父が床に叩きつけて壊したんだ」

「どうしてそんなことを……」

父親の形見を壊してしまうなんて、見初には理解できなかった。

店主は時計を見詰めながら、話を続ける。

「……あれは元々、若い頃に亡くなった婆さんの遺品なんだ。だが爺さんは亡くなる前、『もし魔女が店に来たら、時計を渡してやれ』と言い残していた。母親の形見が見知らぬ誰かの手に渡ることが、親父はどうしても許せなかったんだろうな」

「そりゃそうでしょ。それで、あんたがこうして作り直したってわけね」

「蓋の部分や中の部品は無事だったからな」

「最後の仕事って、このことだったのね。……どうして直す気になったの？　いくらでも屁理屈を捏ねて、誤魔化すこともできたでしょうに」

魔女がふっと頬を緩めて問う。店主はその笑顔をじっと見据え、やがて目を逸らした。

「……時計を売ってくれた礼だ。理由なんて、それで十分だろう」

「あっそ。まあいいわ。欲しかったものとは違うけど、もらってあげる」

そう言って魔女は病室を去って行った。

「あ、魔女さん……！」

見初も店主に向かって深くお辞儀をして、病室を後にする。だが廊下に魔女の姿はなかった。

院内を探し回ったが、見付からず外に出る。ふと空を仰ぎ見ると、何かがどこかへ飛んでいくのが見えた。それは飛行機よりも小さく、鳥よりも速く空を駆けている。

「最後にちゃんと挨拶したかったな……」

その姿が見えなくなるまで、見初はその場に佇んでいた。

濃紺の空に無数の星屑が鏤められている。寂しげな秋の夜風が頬を優しく撫でる。視線を下ろせば、夜色に染まった海面で満月が揺らめいていた。もうじき母国に辿り着く。

人間たちと協力して時計を売り、観光も楽しんだ。妖怪と呼ばれる存在との交流もあった。悪くない毎日だったと思う。

何より、五十年来の悲願を果たすことができた。

魔女は達成感に浸りながら、首から下げた懐中時計を握り締める。

やり残したことはない。箒の速度を上げて、帰路を急ぐ。

だというのに、先ほどから一人の男が脳裏から離れようとしない。

「……ああもう」

魔女は小さく舌打ちをすると、空中に弧を描くように元来た方向へUターンした。

魔女に懐中時計を渡した翌日、店主は病室のベッドで読書に耽(ふけ)っていた。半分ほど読み終えたところで、突然引き戸が音を立てて開かれる。

「ずいぶんと辛気臭い顔ね。部屋の空気まで悪くなるじゃない」

靴音を響かせながら入ってきたのは、黒ずくめの少女だった。

「……辛気臭くて悪かったな。それで、今日は何しにきたんだ？」

「これを返しにきたのよ」

魔女がベッドへと何かを放り投げる。それは見覚えのある懐中時計だった。

「……何だ。結局気に入らなかったのか？」

「違うわよ。今のままだと、受け取れないって言ってんの」

そう言いながら、魔女は懐からピンクゴールドの腕時計を取り出した。

「あんたの店の時計、一つだけ売り忘れてたのよ」

「………………」

「だからこいつが売れるまで、その時計はあんたに預けておくわ」

店主は緩慢な動作で懐中時計を手に取り、その表面に指を這わせた。

「……俺はいつ死ぬか分からないんだぞ。そんな奴に預けていいのか？」

「バカね、あんたは死なないわよ」

「どうしてそう言い切れるんだ」

そう問いかける店主の声は、僅かに震えていた。

「知らないの？　魔女に出会うと幸運が得られるのよ」

魔女がニヤリと口角を上げて言う。店主は一瞬目を丸くしてから、馬鹿にするように鼻を鳴らした。その口元には柔らかな笑みが浮かんでいる。

「……不運の間違いじゃないのか？」

「へえ。私と出会って、何か不運なことあったの？」

「余計なものを預かったせいで、死ぬに死ねなくなったよ」

その言葉に魔女は「それは残念ね」とわざとらしく肩を竦めた。

「はいこれ。貸してくれてありがとう」

魔女は病院の外で待っていた永遠子にピンクゴールドの腕時計を差し出した。

「どういたしまして」

永遠子は時計を受け取ると、自分の手首に巻き付けた。その隣では、見初が複雑そうな表情を浮かべている。

「魔女さん、本当によかったんですか？　その……」

「あの懐中時計は私の物よ。あいつが元気になった頃にでも、取りに行ってやるわ」

言い淀む見初に、魔女はにっこりと微笑んで宣言した。そして箒に乗って宙に浮かぶ。

「じゃあね見初。また今度箒に乗せてあげる」

「はい！　その時はよろしくお願いします！」

吸い込まれるように大空へと舞い上がる魔女に届くよう、見初は大きな声で叫んだ。

第四話　彼岸の門

その日、出雲は季節外れの暴風雨に見舞われていた。鼠色の厚い雲が空を覆い、横殴りの雨が絶えず降り続けている。正午の県内ニュースによると、この天気は少なくとも明日の未明まで続くとのことだった。

「うひゃ〜っ！　冷たいよぉ〜っ！」

「すっかりずぶ濡れですぞ〜っ！」

風来と雷訪が慌ただしくホテルのロビーに駆け込んでくる。自慢の毛並みは雨水をたっぷり含み、枯れ葉や小枝がくっついていた。

見初は無残な姿となった獣たちを見るなり、乾いたタオルを持って駆け寄った。

「二人とも、大丈夫⁉」

タオルを大きく広げて、まずは風来の体をゴシゴシと拭いていく。風来はされるがままで、「ぶえぃくっしょぃ！」とおっさん臭いくしゃみをしている。

「ほら、雷訪も」

「すみません、見初様」

雷訪は鼻を啜りながら、自らタオルへと飛び込む。

「今日は雨が酷いから、外に出ないほうがいいって言ったのに……！」

見初は呆(あき)れたように溜め息をつく。昼頃から姿が見えないと思っていたので、嫌な予感はしていたのだ。

「だって、どうしてもゲーセンに行きたかったんだもん！」

「本日は、新しいゲーム機が導入される日でしたからな！」

彼らのゲームセンターに対する激しい情熱は、誰にも止められない。

「そういえば、先ほど妙な妖怪を見かけましたな」

「うん、変な奴だった」

ふと雷訪が思い出したように言うと、風来も同調してこくこくと頷いた。

「妙な妖怪？」

見初の疑問に、二匹は神妙な面持ちで答える。

「このような大雨にも拘(かか)わらず、道端で笛を吹いていたのです」

「そうそう。こんな感じでピ〜ヒャララ〜って」

風来が横笛を吹くジェスチャーをする。二匹によると、その妖怪は電柱の上で黒い笛を吹いていたということだった。

不思議なことにその音色は、耳をつんざくような雨音にも掻き消されず、美しく響き渡っていたという。二匹は近くの軒下で雨宿りをしながら、暫(しば)し聴き入っていたそうだ。

「……笛を吹くのが好きな妖怪ってだけなのでは？」

取り立てて話題にすることでもないだろう。見初が疑問を呈するが、この話にはまだ続きがあった。

「ですが吹き終わると、空に向かって何やらぶつぶつと呟いていたのです。あれは関わってはならない雰囲気がありましたぞ」

「それで怖くなって、オイラたち走って逃げてきたんだ」

そこまで語り終え、二匹がぶるりと体を震わせる。いささか大げさな怯えように、見初は怪訝な顔をした。

「でも雨神様だって、お酒が入ると誰もいないところに話しかけてるし……」

「そうではないのです、見初様」

雷訪は首を左右に振った。

「その妖怪は、不思議な言語を用いていたのです。それを聞いているうちに、何故か恐ろしくなって逃げ出したのですが……」

「何かゾクーッてきちゃったもんね」

その時の恐怖を思い出し、風来が自分の体をぎゅっと抱き締める。現場に居合わせなかった見初には理解できないが、相当怖かったのだろう。不安を和らげようと二匹の頭を撫でる。

しかし新たに来館した客を目にした瞬間、見初はその手をピタリと止めた。

人間でないことは、一目ですぐに分かった。だが妖怪にしても、不思議な外見をしている。

「いらっしゃいませ……」

見初は戸惑いながらも、初めて見る客に対して深々とお辞儀をした。

まず、のっぺらぼうのように目鼻口がない。さらに体と着物が同化していて、その境目が一切見られない。まるで人の形を象（かたど）った真っ黒な粘土が動いているかのようだった。

「「ギャーッ！」」

風来と雷訪が悲鳴を上げ、見初の背後に回り込む。

「見初姐さん、こいつだよこいつ！」

「えっ、何が⁉」

「笛を吹いていた例の妖怪ですぞ！」

風来と雷訪の言葉に、見初は目の前の妖怪をまじまじと見る。先ほどの二匹と同様、頭から水を被ったようにびしょ濡れだった。

「…………」

黒い妖怪はその場に立ち止まったまま、見初へと顔を向けていた。見えない目で、じっと見詰め返されているように感じる。

「あの、いかがなさいまし……」

「ひととせの香りがする。あなたが四季神(しきがみ)の末裔(まつえい)か」

男とも女ともつかない中性的な声での問いに、見初の心臓がドキリと跳ね上がる。答えに窮していると、後ろから慌ただしい靴音が聞こえてきた。

「久寂(くさび)！」

永遠子(とわこ)は妖怪へと駆け寄りながら、その名を呼んだ。その顔には、屈託のない笑みが浮かんでいた。

「久しぶりね、元気にしてた？　ずっと泊まりにきてくれるのを待ってたのよ」

「……あなたは相変わらずのようだ、永遠子」

再会を喜ぶ永遠子とは対照的に、久寂と呼ばれた妖怪は抑揚のない口調で言った。

「ええと……そちらの妖怪さんは、永遠子さんのお知り合いですか？」

見初が二人の顔を交互に見て尋ねる。

「ええ。久寂はおばあちゃんの友人で、よくホテルにも泊まりにきてくれてたの。最近は全然こなくなってたから、少し心配していたんだけど……」

「特にくる用事もなかったからな。だがまさか、四季神の娘がいるとは思わなかった」

久寂は再び見初へと顔を向けた。

「……どうして私のことを、ご存じなんですか？」

「ひととせは私の友人だ。あなたたち四季神のことは、彼女から聞いている」

「そう、なんですか？」

あの自由気ままな神様に友達がいたとは。ひととせの意外な交友関係が発覚し、見初は警戒心を緩めた。

「久寂は平安時代の頃から生きている妖怪なの。神様たちの間でも、結構有名人らしいのよ」

「泣くよウグイス、平安京⁉」

とんでもない大物の来館に、見初は驚愕の表情を浮かべた。

「だけど、久寂がくるなんて本当に何年ぶりかしら。おばあちゃんもきっと喜んでると思うわ」

「私が本日やってきたのは、あなたや悠乃(ゆうの)を喜ばせるためではない」

久寂は事務的な口調で否定し、間を置いてから永遠子に告げた。

「悠乃に託したものがしっかり保管されているか、確認のためにやってきた」

「おばあちゃんに……託したもの……」

永遠子はじわりと目を見開くと、顎に手を当てて考えるような仕草をした。そして何やら硬い表情で久寂に言い放った。

「……何のこと？」

その一言に、「えっ」と真っ先に反応したのは見初だった。数秒ほど間を置いてから、久寂も口を開く。

「……悠乃から何も聞かされていないのか？」

見初には、その声が心なしか焦っているように聞こえた。それは永遠子も同じだったようで、にわかに狼狽え始める。

「そ、そうだわ。柳村さんに聞いてみましょう。あの人なら、きっと何か知ってるはずよ」

永遠子は久寂の手を引き、小走りで柳村の執務室へ急いだ。見初と二匹も互いに顔を見合わせてから、追いかけることにする。久寂が託したものが何であるか、興味があった。

「永遠子さん、申し訳ありませんが私も心当たりがございません」

永遠子の問いに、柳村は申し訳なさそうに首を横に振った。

「そ、そんな……」

「物置部屋を調べてみるのはどうですか？」

途方に暮れる永遠子に、見初がすかさず提案する。というわけで、ホテル櫻葉の暗部こと物置部屋へと場所を移す。ちなみに見初が足を踏み入れるのは、これが初めてとなる。

「ガラクタばっかりですね……」

狭い一室には、イベントなどで使った備品や壊れて使えなくなった事務用品がところ狭しと押し込まれていた。整理する者が誰もいないせいで、完全に無法地帯と化している。

「ヒギャッー！」

風来が突然悲鳴を上げ、カサカサと見初の背中によじ登った。

「どうしたの、風来⁉」

「見初姐さんっ、あ、あれ……！」

「あれって……ヒェッ」

二体の着ぐるみと目が合い、見初は引き攣った悲鳴を漏らした。桜の花を模したような巨大な顔面を前後左右に持った生物と、全身から無数の枝を生やした生物。当ホテルのマスコットキャラクター、咲き子ちゃん&咲く子ちゃんである。

「こちらに金庫がありますぞ！」

雷訪が部屋の隅に置かれた金庫を発見する。しかし当然のように錠がかかっていて開かない。

「永遠子さん、この金庫の鍵ってどこにあるんですか？」

「どこだったかしら……」

見初の問いに、永遠子は文字通り頭を抱えた。すると一緒についてきていた柳村が、金庫の前に悠然と進み出る。その手には、クリップを伸ばして作った針金が握られていた。

「や、柳村さん……？」

「少々お待ちください」

そう言って柳村は、針金を鍵穴に差し込んだ。そして巧みな指使いで動かすこと三十秒。

カチャッと何かが外れるような金属音がした。

「おおっ！　開きましたぞ！」

「いよっ、総支配人！」

「柳村さん、すごいです！」

二匹と見初に褒めたたえられ、柳村は「大したことではありません」と少し恥ずかしそうに小さく首を振る。

皆が固唾を呑む中、早速金庫を開ける。しかしその中に入っていたのは、賞味期限がとっくに切れたせんべいの袋だけだった。見初から「もったいない！」と悲痛な声が上がる。

「本当にろくでもない物しか置かれていませんな……」

室内を見回しながら雷訪が言う。しかも、目的の物が一向に見付からない。見初たちはそっと久寂へと目を向けた。

「悠乃に託したのは、間違いだったかもしれない」

久寂は覇気のない声でぼそりと呟いた。

「そ、そんなこと言わないで久寂！　弁償するから……！」

長年の友情に亀裂が走り、永遠子はいよいよ本格的に焦り始めていた。このまま見付からないことを前提に、話を進めようとする。

「ありゃ、何だこれ？」

その時、風来が壁に小さなボタンがついているのを見付けた。そして「ぽちっとな」と一切の躊躇（ためら）いもなく押す。

ちょうど雷訪が立っていた場所の床が、ガコッと外れた。

「ギャーッ！」

「雷訪⁉」

見初が慌てて穴へと駆け寄る。

「し、心臓が止まるかと思いましたぞ……！」

落下の際に強く打ち付けた頭を押さえながら、雷訪が声を震わせる。穴の中は、地下へと下りる階段になっていた。

「おや、隠し部屋のようですね」

柳村が興奮を抑えきれない様子で覗き込む。

「こんなものがあったなんて……下りてみましょう」

永遠子の言葉に、その場にいる全員が頷く。スマホのライトで足元を照らしながら、一段一段ゆっくりと下りていく。

永遠子ですら存在を知らなかった地下室には、ひんやりと冷たい空気が流れていた。柳村が照明のスイッチを見付けて押すと、オレンジ色の光が室内をうすぼんやりと照らした。

「この部屋……多分、おばあちゃんのコレクション置き場だわ。昔から変わった物をたくさん買い集めていたんだけど、どこに保管しているのかは誰も知らなかったの」

永遠子は驚きを隠せない様子だった。

「これが悠乃さんのコレクション……」

見初は棚に並べられた品々を興味深そうに眺めていた。

フラダンスを踊っている狸の陶器。おどろおどろしい髑髏(どくろ)の絵が描かれた壺。四本の腕でドラムを叩く阿修羅(あしゅら)像の掛け軸。

流石は永遠子の祖母である。お世辞にも趣味がいいとは言えないラインナップだった。

「どう？　おばあちゃんに預けたもの、見付かった？」

室内を静かに見回している久寂に、永遠子が声をかける。

「この部屋には見当たらない」

「……そう」

「だが、もういい」

久寂はそう言い切り、元来た階段を上り始めた。永遠子が慌てて引き留める。

「待って久寂！　もう少し他の場所も探して……」

「もういい」

それでも久寂の答えは変わらなかった。永遠子は一瞬迷ってから、その手を掴んだ。

「もう帰ってしまうの？」

「用件は済んだ。これ以上ここにいる理由はない」

「久しぶりにきたんだから、泊まっていけばいいじゃない。久寂のために作ったお部屋も、ちゃんと残してあるのよ」

幼い子供がせがむような口調で、永遠子が食い下がる。

「……分かった」

久寂が小さく頷くと、永遠子は嬉しそうに頬を綻ばせた。

久寂が暫く滞在することが決まり、永遠子は嬉々した表情でフロントの業務に戻った。

しかし程なくして、「あら」と声を漏らした。

「215号室と320号室のお客様、まだチェックアウトしてないわね」

「え？」

永遠子の呟きを聞いた見初は、壁の掛け時計へ目を向けた。ホテル側で定めているチェックアウトの時間をとっくに過ぎている。確かどちらの部屋も、宿泊していたのは妖怪だった。

「部屋に電話をかけても繋がらないし……見初ちゃん、ちょっと見に行ってもらってもい？」

「はい」

永遠子に指示され、見初は初めに215号室へと向かった。

「お客様、チェックアウトのお時間をすぎております。何かございましたか？」

ノックしながら呼びかけるが、反応がない。見初は少し迷ってから、ドアノブに手をかけた。ドアには鍵がかかっていなかった。

「……お客様？」

クローゼットやベッドの下、シャワールームも調べてみたが、客の姿はどこにもなかった。大きく開いたままの窓から、冷たい秋風がびゅうびゅうと入り込んでくる。そしてテーブルの上には、ルームキーだけが残されていた。

320号室の様子も見に行ったが、こちらも同じような状態だった。見初は首を傾げながらフロントに戻った。

「窓から下りて帰っちゃったんですかね？」

たまにそういった客もいるので、特に珍しいことでもない。だが部屋の状況を聞いた冬緒は、訝しそうに眉を顰めた。

「でも、最近そういう客多くないか？　一昨日も窓から出て行った奴いたし」

見初からルームキーを受け取りながら、永遠子は思案顔で言った。

「チェックインの時に、もっとちゃんと説明しておいたほうがいいわね」

「初めて泊まるから、帰り方が分からなかったのかも……？」

近頃チェックアウトの手続きをせず、無断で帰ってしまう妖怪が増えた気がする。

「あ、そういえば」

それから三日後。この日非番の永遠子は、碁盤を抱えて久寂の客室を訪れていた。

両手が塞がっているので、ノックをせず呼びかける。すると一分ほど間を置いてから、

「久寂、入ってもいい？」

部屋のドアがひとりでに開いた。

い草の爽やかな匂いがふわり、と永遠子の鼻腔（びこう）を掠めた。他の客室と異なり、久寂の部屋は畳敷きの和室になっている。「西洋の部屋には泊まりたくない」という友人のワガママを聞き入れ、悠乃が改装を手配したのだ。

久寂は何をするわけでもなく、座布団の上で正座をしていた。入口で靴を脱いでいる永遠子へ顔を向ける。

「碁を打ちたいのなら、他を当たれ」

「碁を打ちたいんじゃなくて、あなたと遊びたくてきたの。ダメ？」

永遠子が首を傾げながら問うと、久寂は一拍置いて「ダメではない」と首を横に振った。

「……私はいつか、このホテルがなくなるものと思っていた」

久寂は白い石を碁盤に置きながら、静かな口調で言った。それに対して、永遠子が得意げに微笑む。

「今のところ経営は順調よ。新規のお客様だって増えてるし」

「一時期幽霊ホテルと悪評を流され、客足が遠のいていたと聞いたが」

「……ま、まあ、そんなこともあったわね」

あまり触れられたくない話題に、永遠子の笑みが軽く引き攣った。

「人間以外の客など受け入れるべきではない。そのほうが、余計な面倒事も避けられる」

「それは絶対に嫌よ。私にとっては、妖怪も神様も同じお客様ですもの」

永遠子はむっと唇を尖らせ、黒の碁石を交点に置いた。見初たちの前では決して見せない、拗ねたような表情だった。

「その顔、悠乃によく似ている。悠乃も都合が悪くなると、すぐにそうやって機嫌を悪くしていた」

「……ねえ、久寂」

「何だ」

「近いうちに、また遊びにきてね。いつでも待ってるから」

ホテル櫻葉には多くの客が訪れる。新しい客も増えたが、その代わり昔からの常連で、いつの間にか姿を見せなくなった客もいる。久寂もその一人だった。

悠乃がいなくなってしまったから、もうきてくれないのだと思っていた。だから、どんな理由であれ、祖母の友人にまた会えて嬉しかったのだ。

「約束はできない。私には使命がある」

久寂は両手を膝の上に置き、真っ直ぐ永遠子を見据えているようだった。

「使命？」

何のことだろう。永遠子の頭の上に疑問符が浮かんだ。

「守らなければならない」

いつものように抑揚のない声だったが、そこには決して揺らぐことのない信念がこめられているように聞こえた。

そしてその夜、久寂は忽然（こつぜん）と姿を消してしまった。翌朝、永遠子が客室を訪れると、座布団に黒い笛だけが残されていたのである。

「久寂様、どこにもいないな……」

館内を一通り探し回った見初が、肩を落としながら久寂の部屋の前に戻る。すると、冬緒がドア付近にしゃがみ込んでいた。

「ん？　冬緒さんどうしたんですか？」

見初もその隣に屈みながら尋ねる。

「……これが落ちてたんだ」

冬緒が手にしていたのは、小さな紙切れだった。焼け焦げたような跡があり、文字の一部らしきものが残されていた。

「何ですかね、これ。……って、冬緒さん？」

冬緒は凍り付いたような表情で、紙切れを凝視していた。その横顔に不安を覚え、見初が再び声をかけようとする。

「こんなところにしゃがみ込んで、どうかしましたか？」

上から降ってきた声に顔を上げると、黒い背広を着た男性が怪訝そうに見初たちを窺っていた。数日前から滞在している宿泊客だ。出雲には、出張で同僚とともに訪れたのだという。

「あ……ちょっと落とし物をしちゃいまして」

見初は笑顔を取り繕いながら、すっくと立ちあがった。

「そうですか。いえ、少し気になったものですから。それでは、僕はこれで」

男が軽く会釈をして、その場から去って行く。男の後ろ姿を見詰めながら、冬緒は紙切れを握り潰した。

その妖怪がホテル櫻葉に宿泊したのは、それから数日後のことだった。

午前二時をすぎた頃、客室のドアがゆっくりと開き、中から二人組の男が出てきた。既に深夜を回っているにも拘わらず、どちらも黒い背広に身を包んでいる。そしてその手に、椿の花が描かれた札と黄金に輝く錫杖(しゃくじょう)を携えていた。

足音を立てないように廊下を進んでいく。目的の部屋の前に辿り着くと、片方の男がドアに札を貼り付けた。札が青白い光を帯びた直後、ロックの外れる音が静かに響いた。男たちが互いに目配せをし、ドアノブに手を回そうとする。

その時、突如内側からドアが開いた。中から伸びてきた手が男たちの腕を掴み、室内へと引きずり込む。

「ぐ……っ！」

そのまま床に押さえ付けられ、男たちが呻き声を上げた。

「きっと来ると思っていましたよ」

男の腕を捩じ上げながら、柳村がいつになく厳しい口調で言う。その隣では、冬緒が怒りに満ちた表情でもう片方の男に馬乗りになっていた。

「こいつら、本当に私を祓(はら)いに来たのかぁ」

部屋の奥から出てきた河童が、二人をまじまじと見る。

「ご協力ありがとうございました、河童さん。廊下で時町さんが待っておりますので、他の客室に移ってください」

柳村はにっこりと微笑み、退室するように促した。

「了解だぁ」

「ま、待て……うぐっ！」

緊張感のない様子で部屋から出て行く河童を、男たちが呼び止めようとする。しかし柳村と冬緒に上から体重をかけられ、苦痛に顔を歪めた。

「さて……あなた方は、椿木家の人間ですね？」

柳村の問いに、男たちは表情を強張らせた。

「っ、どうして分かった……っ⁉」

「ある部屋の前に椿木家の札が落ちているのを、彼が見付けました」

柳村は冬緒を一瞥してから、再び男たちに目を向けた。

「近頃、宿泊中の妖怪たちが姿を消していたのは、あなた方が祓っていたから……違いますか？」

「…………」

「答えろ！」

だんまりを決め込む二人に、冬緒が声を荒らげる。だが、尚も男たちは口を開こうとしない。不貞腐れた様子で、柳村と冬緒を見上げていた。

「……どうして久寂を祓ったの？」

冬緒が顔を上げると、部屋の入口にはいつの間にか永遠子が立っていた。泣き腫らして充血した目で、男たちを見据えている。

だが次の瞬間、怒りと悲しみが綯い交ぜになったような表情へと変わり、永遠子が室内に駆け込んできた。冬緒を突き飛ばし、男の胸倉を掴む。

「久寂は祓われるようなことなんて、何もしていない！　ううん、久寂だけじゃない。他の妖怪たちだってただ泊まりにきていただけなのよ⁉　なのにどうして……どうして、祓ったのっ⁉」

激情に駆られた永遠子が、すさまじい剣幕で彼らを問い詰める。これほどまでに激昂する永遠子を見るのは、冬緒も初めてのことだった。

「愚問ですね。妖怪を祓うことが、私たちの仕事だからに決まってるでしょ」

男は冷静に切り返した。柳村に取り押さえられている男も、同調するように鼻で笑った。

「妖怪を放っておけば、いずれ人間に危害を及ぼす。仮にも名家のお嬢様が、そんな当たり前のことも理解できていないとは」

「そんなこと……っ」

永遠子の言葉に被せるように、男はさらに言い募った。

「ああ、そろそろ放してくれませんか？　妖怪を祓うことは別に犯罪じゃないでしょ。不当な拘束をされたと、このホテルを訴えてもいいんですよ」

まったく悪びれる様子のない物言いに、永遠子の顔が一層険しくなる。その表情を見て、柳村が諭（さと）すように言った。

「永遠子さん、彼らの言う通りです」

「柳村さん……！」

「今、事を荒立てれば、このホテルそのものを失ってしまいます。そんなこと、久寂さんは望んでいませんよ」

「………」

永遠子は大きく目を見開き、一瞬だけ泣きそうな表情を浮かべた。そしてゆっくりと男から離れた。

「では、私たちはそろそろお暇します」

「食事も美味しくて、すごしやすいホテルでしたよ。また機会がありましたら、利用させていただきます」

拘束を解かれた男たちはそう言い残し、部屋から出て行った。

重苦しい静寂が室内を包み込む。冬緒は無力感と悔しさで奥歯を強く噛み締めた。

「冬ちゃん」

永遠子がぎこちなく微笑んで、冬緒に声をかける。

「さっきは突き飛ばしちゃってごめんね」

「……俺は大丈夫。だけど……」

冬緒は眉を顰めながら、言い淀む。椿木家がホテル櫻葉に敵意を持っていることは分かっていた。だが、ここまで強引な手段を講じてくるとは思っていなかった。

「……私のせいで、久寂いなくなっちゃった」

「違う、永遠子さん。久寂を祓ったのはあいつらだ」

冬緒がすかさず反論するが、永遠子は首をふるふると横に振った。

「私が引き留めなければ、こんなことにはならなかった。私の我儘のせいよ。……これ以上、誰にも消えて欲しくない」

その声には強い決意が宿っていた。

「永遠子さん」

「分かってるわ」

柳村に声をかけられ、永遠子は頷いた。様々な感情が溢れ出しそうになりながらも、冷静に思考を巡らせる。

「また椿木家の陰陽師が、一般人を装ってやってくるかもしれないわ」

そうなれば、再び同じことが繰り返される。また理由もなく、妖怪が祓われる。

「だから当面の間、人間以外のお客様の受け入れを停止します」

それが永遠子が選んだ最善の手段だった。

そしてこの頃、妖怪たちの間ではある噂が流れ始めていた。それは、「ホテル櫻葉に泊まると、陰陽師に祓われてしまう」というものだった。


「いったい、どういうおつもりですか」

椿木家の当主、紅耶(こうや)の自室には彼の部下である外峯(そとみね)の姿があった。困惑と怒りを隠しきれない表情で、目の前の男を見据える。

「何の話だ、外峯」

紅耶はどこか煩(わずら)わしそうに問う。

「若い者たちがホテル櫻葉に宿泊していた妖怪どもを祓ってやったと、自慢げに話しておりました」

「それがどうした？」

さして興味のない様子で、紅耶が続きを促す。

「まさかとは思いますが、あなたの指示によるものですか？」

外峯は語気を強めて問い詰める。あのホテルにいるのは、無害な妖怪ばかりだ。彼らを無差別に祓うことに何の意味があるというのか。

「そんなことを聞いてどうする？　私を糾弾するつもりか？」

「それは……」

問い返されて口ごもる外峯に、紅耶は話を続ける。

「私は何も命じていないよ。あくまで彼らが自発的にやったことにすぎん」

「……そうですか」

「だが、私もよい部下を持ったものだ」

「は？」

外峯は虚を衝かれたように目を丸くした。

「私に指示されなくても、自ら率先して妖怪を祓う。それでこそ椿木家の陰陽師だ。彼らにはこの調子で励んでもらいたいものだよ」

紅耶は薄ら笑いを浮かべながら、部下たちの行いを賞賛した。


同じ頃、河童親子の下には、ある二人組が訪れていた。

「……というわけで、ホテル櫻葉には暫く泊まれなくなってしまったんだぁ」

「妙な噂が流れてると思ったら、そういうことかよ。まさか椿木家の奴らがねぇ……」

緋菊(あかぎく)は後頭部を掻きながら、忌々(いまいま)しげに舌打ちをした。

「もしかしたら椿木家のことが解決しても、ずっとこのままかもしれないなぁ」

「そん時はそん時だ。それに、本来のあるべき形になったってだけだろ」

「……それもそうだなぁ」

　緋菊がきっぱりと言い放つと、河童は寂しそうに目を伏せた。人間も妖怪も、互いの領域に足を踏み入れてはならない。大昔から当然のように存在する掟だ。だが櫻葉悠乃の在り方が、その線引きを曖昧(あいまい)にしてしまっていた。

　ホテル櫻葉が妖怪たちと手を取り合うことをやめるのなら、自分たちもそれに従うだけだ。

「だけど、椿木家は放っておけないね。妖怪をすべて滅ぼして、自分たちの理想の世界を作ろうとしてる」

　すやすやと寝息を立てる子河童の頭を撫でながら、ひととせが静かに言う。緋菊は苦虫を噛み潰したような表情を浮かべた。

「ったく、妖怪ばっか目の敵にしてどうすんだか。人間の中にもクズは大勢いんだろ」

「妖怪を絶滅させたら、次はそういう人たちを始末しようとするかもしれない」

　ひととせが独り言のように言うと、河童が表情を曇らせた。

「それはもう陰陽師の範疇(はんちゅう)を超えてるなぁ」

「あの当主はともかく、彼に仕えている人間たちはきっとそうするよ。だって椿木家は、妖怪だって滅ぼせるすごい一族だってことになるんだもの。……全能感はね、正常な判断力を鈍らせてしまうんだよ」

「ううーん。天狗の妹は、難しいことを言うんだなぁ」

こめかみに両手を当てて、河童が首を大きく傾げる。ひととせはくすりと笑ってから、空を仰ぎ見た。暗い夜空の中心に、満月がぽっかりと浮かんでいる。

「……緋菊、後のことはよろしくね。色々大変だと思うけど、頑張って」

「あ？　何言ってんだ、お前」

怪訝そうな顔をする緋菊に、ひととせは夜空を見上げながら言った。

「友達がやり残したこと、私が叶えてあげなくちゃ」

◆　◆　◆

人間以外の客の入館を禁じてから一週間。ホテル櫻葉は平穏な空気に包まれていた。突然の措置だったので、腹を立てた妖怪が押しかけてくるのではという懸念も杞憂に終わった。どうやら妖怪たちも怖がって、ホテルに近寄ろうとしないらしい。

そんな中、見初はある疑問を抱き続けていた。

「久寂様が悠乃さんに託していたものって、何だったんですかね？」

夕食時、唐突に呟いた見初に、永遠子は神妙な面持ちで箸を置いた。

「私もそのことがずっと気になっているの。……それと、久寂は『見当たらない』って言ってたけど、本当はあの地下室にあったんじゃないかしら」

「え？」

「だって大事に保管されているかどうか、わざわざ確かめにきたのよ？　それなのに、あんなにあっさり諦めるなんておかしいわ」

「ですよね……」

食後、見初と永遠子は、柳村を連れて再び悠乃のコレクション部屋に向かった。照明をつけて辺りを見渡すと、一部分の床だけ何かが散らばっている。

「た、狸さんが……っ！」

見初が悲痛な声を上げながら駆け寄る。フラダンスを踊る狸の陶器が割れ、その破片が散乱していたのだ。

「……おかしいですね。何故これだけ割れてしまったのでしょう？」

室内を見回しながら柳村が疑問を口にする。

「ん？」

せっせと破片を集めていた見初が、ふと手を止めた。

「見初ちゃん、どうしたの？」

「これ……何でしょうか」

陶器の残骸に紛れるようにして、真っ二つに割れた黒い玉が残されている。その片割れを拾い上げて観察してみるが、特に気になる点は見られない。

しかし柳村には、ある推測が浮かんでいた。

「それこそが久寂さんが託したものかもしれません」

「この黒い玉がですか？」

見初は照明の光に欠片を翳した。ただの黒いビー玉にしか見えない。

「恐らくは。そして悠乃様は誰にも見付からないよう、玉を陶器の中に忍ばせた……久寂さんもそのことに気付いていたのでしょう」

「久寂……」

永遠子はもう一つの欠片を手に取り、ぎゅっと握り締めた。

「ですが、まだ分からないことがいくつかあります。その玉が何なのか、何故悠乃様は隠そうとしたのか、何故割れてしまったのか。割れたことにより、いったい何が起こるのか……」

柳村が淡々と疑問点を挙げていく。

「ですが、まずはここから出ましょうか。夜の地下室は冷えますからね」

柳村はそう言って、不安そうな表情の見初と永遠子に笑いかけた。

「……おっと？」

釈然としない気持ちの中、見初が階段を上ろうとした時だ。気が遠のくような奇妙な感覚に襲われ、足元がふらついた。

「見初ちゃん、大丈夫？」

永遠子が咄嗟に見初の体を支える。

「はい……」

寝不足による立ちくらみだろうか。見初は頭を押さえながら頷いた。

翌日、見初はベルデスクの上で毛繕いをする白玉を凝視していた。

「おかしいなぁ……おかしいなぁ……」

「ぷぅ……⁉」

突き刺さるような視線に気付き、白玉がビクッと動きを止める。それでもなお熱い眼差しを向け続ける見初に、見兼ねた冬緒が声をかけた。

「お、おい、見初。白玉が怖がってるだろ……」

「それが変なんですよ」

「変？　白玉が？」

「ぷぅ！」

冬緒にあらぬ疑いをかけられ、白玉が「心外な！」と一鳴きする。

「私の目がです。何かこう……白玉や風来たちがぼやけて見えるんですよ」

見初は眉を寄せながら、目の下を指でぐりぐりと押した。他のものははっきりと見えるのに、妖怪だけが何故かピントがずれているように霞んで見えるのだ。

「昨日も変な立ちくらみ起こしちゃったし……私、疲れてるんですかね？」

「まあ、あんなことがあったしな……」

冬緒は表情を曇らせた。あれ以来、椿木家の陰陽師と思しき客は現れていないが、気は抜けない。白玉たちを狙ってくる可能性も高いのだ。念のために、風来と雷訪にも外出禁止令を出していた。

「目薬でも買おうかな……あっ」

見初がぱちぱちと瞬きを繰り返していると、見慣れた人物がロビーに入ってきた。灰色の髪と派手な色合いの着物が目に留まる。

「緋菊さん……」

今の緋菊は瞳の色を変え、黒い翼を隠して人間に化けている状態だ。だが見初の目には、その姿さえも白玉たちのようにぼやけて見えていた。

「よお、鈴娘。椿木どものせいで、えらいことになってるそうじゃ……」

そこで緋菊は言葉を止めた。焦ったような表情で見初へと駆け寄る。

「おい、何があった」

「へっ？」

「お前から霊力がほとんど感じられねぇ。普通の人間みてぇになってんぞ」

「「えぇっ⁉」」

緋菊から明かされた事実に、見初だけでなく冬緒と永遠子からも驚愕の声が上がった。

「れ、霊力が感じられないって、どういうことですか緋菊さん⁉」

「そうよ！　ちゃんと説明して！」

「というか、妖怪の客はくるなって言ってるのに、何で普通にきてんだよ！　バカッ！」

三人がかりで体を乱暴に揺さぶられ、緋菊の頭がガクガクと上下左右に大きく揺れる。

「んなもん、私が知るかよ！　……いや、待てよ。四季神の力は、ひととせが授けたもんだ。あいつがいなくなったことと関係してんのか……？」

「えっ。ひととせ様、いなくなっちゃったんですか？」

緋菊の呟きを拾った見初が動きを止める。

「ああ。友達がやり残したことを叶えるとか言って、急に姿を消しやがった」

「……そんなに珍しいことか？　神出鬼没なところあるだろ、あの神様」

冬緒が呆れ気味に指摘すると、緋菊は苦々しい表情を浮かべた。

「それが、ひととせの気配がこれっぽっちも感じ取れねぇんだ。おかげで今、どこにいるかも分からねぇ。こんなこと初めてだ」

緋菊は焦りを隠し切れない様子だった。妹の手がかりを求め、ホテル櫻葉にやってきたのだろう。空振りに終わり、落胆の溜め息をついている。

「……まあ、あいつのこった。そのうち戻ってくんだろ。じゃあな、ほとぼりが冷めたらまた泊まりにきてやるよ」

「ちょ、ちょっと待って！　見初ちゃんは大丈夫なの⁉」

帰る雰囲気を出している緋菊を、永遠子が慌てて呼び止める。緋菊は見初をじっと見て見解を述べた。

「今のところは問題ねぇだろ。だが、その状態が続けば……」

「……緋菊さん？」

ふいに言葉を切った緋菊に、冬緒が探るような視線を向ける。

「何でもねぇよ。ま、頑張れや」

緋菊が三人の頭を軽く叩き、足早にロビーから去って行く。その背中が見えなくなってから、見初は自分の頭のてっぺんにそっと触れた。緋菊は何を言いかけていたのだろう。頭によぎった想像を振り払うように、大きくかぶりを振った。

「ぷぅ、ぷぅ！　ぷぅぅ！」

「うぅ……すみません、白玉さん。あと五分だけ寝かせてください。昨日なかなか眠れなくて……」

「ぷぅっ!!」

痺(しび)れを切らした白玉が、腹部に強烈な右ストレートを叩き込む。見初の口から「ぐえっ」と濁った悲鳴が漏れる。

「い、今起きます！　だから二発目はやめて……！」

追撃がくる前に、見初は勢いよく飛び起きた。

薄闇と深い静寂が室内を包み込んでいる。スマホを確認すると、まだ深夜2時を回ったばかりだった。

「あれ？　まだ朝じゃない……」

「ぷぅ！　ぷぅうっ！」

白玉が窓に向かってしきりに鳴いている。その尋常ではない様子に、眠気が一瞬で吹き飛んだ。見初はベッドから下りて、急いで窓辺へと走った。

「……みんな？」

寮の前に、従業員たちが集まっているのが見える。見初はパジャマの上にカーディガンを羽織り、白玉とともに外へ飛び出した。

「あっ、冬緒さーん！」

黒いジャケットを着た冬緒を見付け、小走りで駆け寄る。

「見初！　お前も起きたのか」

「はい。白玉に叩き起こされまして」

見初は白玉に殴られた腹部を擦った。

「でも、こんな夜中に何かあったんですか？」

「……あれだよ」

冬緒は夜空を見上げながら、声をひそめて言った。その視線を追うように、見初も天を仰ぎ見る。

月明かりと無数の星に彩られた美しい夜空だった。十三夜の月が、地上をほのかに照らしている。だがそれを眺めている従業員たちの表情は硬い。

「ひぇぇ……」

「恐ろしいですぞ～……」

特に妖怪の面々は、何か不穏な気配を感じ取っている様子だった。風来と雷訪は身を寄せ合い、白玉は見初の腕の中で毛を逆立て、柚枝も青ざめた顔で立ち尽くしていた。

一筋の細長い雲が、青白い月をゆっくりと横切っていく。

いや、それは雲などではなかった。

夥しい数の妖怪が群れをなし、星月夜の空を行進する。その列は途切れることなく、延々と続いていた。

「何ですか、あれ……」

見初は声を震わせながら、異形の大群を指差した。

「……百鬼夜行だよ」

冬緒の口から出たのは、よくアニメやゲームで耳にする単語だった。

「深夜に妖怪たちが行列を作って徘徊する現象のことだ」

「徘徊っ⁉」

「ああやって空を飛んでいるだけだから、特に害はないんだ。ただ、すごく珍しい現象ってだけで。……普通はな」

冬緒が意味深な言葉を付け足す。

「……つまり、あの百鬼夜行は普通じゃないってことですか？」

「あやつらは明らかに殺気立っている。……ここからでも手に取るように分かるほどにな」

見初の質問に答えたのは火々知だった。夜空を駆ける妖怪の集団を鋭く睨み付けている。

「そして、どこかへ向かっているようにも見える」

「……あの妖怪たち、ものすごく怒ってるんですよね？　それって結構マズいのでは……」

妖怪大決戦、という五文字が見初の脳裏によぎる。その隣で冬緒は思い詰めた表情をしていた。

「……あいつらが目指しているのは、多分椿木家の総本山だ」

「え……!?」

見初の表情が強張る。しかし火々知は少しも動じなかった。

「当然であろうな。あやつら以上に、妖怪どもに恨まれている者たちなどいるものか」

「…………」

冬緒は相槌(あいづち)を打つこともなく、夜空を仰ぎ見ていた。火々知が敢えて素っ気ない口調で釘を刺す。

「助けに行こうなどと思うなよ。今から向かったところで、既に手遅れだ」

「分かってるよ」

冬緒ははっきりとした口調で答えた。

「椿木家を助けるつもりはない」

◆　◆　◆

ホテル櫻葉に意外な人物が訪れたのは、見初たちが百鬼夜行を目撃してから五日後。外に出られない風来と雷訪に代わり、見初が庭の掃き掃除をしている時だった。

「時町様」

聞き覚えのある声に呼ばれ、顔を上げた見初はぎょっと目を見開いた。

「外峯さんっ⁉」

箒を壁に立てかけ、外峯へと慌ただしく走り寄る。彼の額には包帯が巻かれ、頬にもガーゼが貼られていた。無事でよかった、とは手放しで喜べない痛々しい姿だ。頬が少しこけて、顔色も悪い。

「冬緒様はいらっしゃいますか？　お伝えしたいことがございます」

応接室に駆け付けた冬緒は、外峯を見るなり表情を硬くした。

「あんた、その怪我は……」

「お気になさらないでください。これでも軽傷のほうです」

事務的な口調で冬緒の言葉を遮る(さえぎ)と、外峯は本題を切り出した。

「先日、妖怪が大挙して本家を襲撃しました」

「そうか……」

冬緒はその言葉に目を伏せ、両手を軽く握り締めた。予想とは異なる反応だったのだろう、外峯は意外そうな表情を見せる。

「もっと驚かれると思っていましたが」

「あ、私たち、夜中に妖怪たちの百鬼夜行を見たんです」

冬緒の隣に座っていた見初が、種明かしをする。

「……あなた方も、あれをご覧になっていましたか。でしたら申し上げるまでもないと思いますが、本家は壊滅的な被害を受けました。かつて碧羅(へきら)に襲撃された時の比ではありません。屋敷は全壊、多数の重傷者が出ました」

「雪匡(ゆきまさ)様は無事なのか⁉」

冬緒がソファーから身を乗り出して、次期当主の安否を問う。

「はい。あの夜はちょうど所用で遠出なさっていたので、難を逃れることができました」

その言葉を聞き、見初と冬緒の口から安堵(あんど)の溜め息が漏れる。

「ですが、迎撃の指揮を執っていた紅耶様は深手を負われ、二日前まで意識不明の状態が続いておりました」

「あの人、最後まで逃げなかったんだな……」

淡々と告げられる情報に、冬緒は視線を彷徨(さまよ)わせた。

「本日の夜、ある分家で緊急の会合が開かれます。冬緒様、あなたのご実家です」

外峯の言葉に、冬緒の肩がぴくりと揺れる。見初の顔にも戸惑いの色が浮かぶ。

「恐らくそこで、今後の方針について協議されるでしょう。……どうなさいますか？」

「………………」

応接室に長い沈黙が訪れる。見初も外峯も急かすことなく、冬緒が答えを出すのを待つ。

「……その会合、俺も参加できるのか？」

ようやく決意が固まり、冬緒は外峯を見据えながら質問した。

「あなたは破門された身です。本来なら認められないでしょう。……ですが、変装をしてこっそり紛れ込めば問題ないかと」

外峯に視線を向けられ、見初は無言で顔を逸らした。彼も耳にしているのだろう。ミソアンドミホの活躍ぶりを。


サングラスと茶髪のウィッグを着用した二人を後部座席に乗せ、外峯は緩やかに愛車を発進させた。

三人を乗せた車は山陰自動車道を抜けると、鬱蒼（うっそう）とした木々に囲まれた山道に入った。少しずつスピードを緩め、蛇のように曲がりくねった道を進んでいく。

その間、車内での会話は一切なかった。

数メートル先に赤い瓦の屋敷が見えてきたところで、冬緒が小さく息を呑んだ。それに気付いた見初が尋ねる。

「あれが冬緒さんのご実家ですか？」

「……まあな」

冬緒は短く相槌を打った。サングラス越しに生家をじっと見詰めている。

屋敷の正門付近には、大勢の人だかりができていた。気のせいだろうか、悲鳴に近い叫び声や怒声が聞こえてくる。中に入れろと警備員に詰め寄っているようだ。

「何かめっちゃ荒れてません……？」

今にも暴動が起こりそうな雰囲気だ。

「彼らは椿木家に追随する家の人間たちです。次は自分たちが狙われるかもしれないと、助けを求めにきたのでしょう。分家もいつ襲撃されるか分からないというのに」

外峯は他人事のように言い、「裏口から入りましょう」と二人を促した。

会合の会場である大広間は、物々しい雰囲気に包まれていた。他の参加者に紛れるように、下座の一番後ろに座る。

上座に着座している者たちが、本家の人間だろう。その大半が負傷していた。ある者は外峯のように顔にガーゼを貼り、ある者は腕を三角巾で吊っている。その中には、先日客を装ってホテル櫻葉に入り込んだ男たちの姿もあった。

「……あっ」

緊張した面持ちで、本家の向かい側に座っている女性を見て、見初は小さく声を上げた。鼻の形や口元が冬緒とそっくりだ。彼女が冬緒の母親なのだろう。そして父親は、恐らくその隣にいる男性だ。

「ふゆ……モガッ」

「コラ、名前出すなっ」

冬緒が慌てて見初の口を塞ぐ。その視線は、両親へと真っ直ぐ向けられていた。当然ながら、彼らが息子の視線に気付く気配は見られない。

「おい、ご当主がいらっしゃったぞ」

襖（ふすま）が開く音がした後、誰かが小声で言った。出席者たちが息を呑み、一斉にある一点を凝視する。

紅耶は従者に体を支えられながら、大広間に踏み入った。顔面には右目を覆うように包帯が巻かれ、右足を引きずるように歩いている。そして白い着物の裾からは、白い包帯が巻かれた腕が覗いている。

どんな時も悠然たる当主の惨（むご）たらしい姿に、会場の空気が凍り付く。しかし紅耶は意に介することなく、最奥部の席に腰を下ろした。その隣に、息子である雪匡が着席する。

「……皆の者、よくぞ集まってくれた。では早速、始めようか」

紅耶が爛々（らんらん）と輝く双眼（そうがん）で、出席者たちを見渡す。鋭い眼光に気圧（けお）されながらも、分家の一人が口を開く。

「……今回の件ですが、妖怪たちは同胞を祓われた恨みで本家を襲撃したのではと声が上がっております。紅耶様はどのようにお考えでございますか？」

「彼らの目的が何だったのか、まだ断定はできない。もう少し調査を進めてから正式に……」

「何を悠長なことを仰っているのですか！」

別の分家の男がすっくと立ち上がり、紅耶を鋭く睨み付ける。

「妖怪どもが再び椿木家を襲う可能性は高い。此度は本家のみでしたが、次は我々分家の下にもやってくるかもしれないのですよ！　一刻も早く原因をつきとめ、対策を講じねばなりません！」

その意見に同調するように、出席者たちから「その通りだ」「本家の連中は何をしている？」と不満の声が口々に上がる。本家の陰陽師たちは何も言い返せず、力なく項垂れていた。

風向きが悪くなっても、紅耶は毅然とした態度を崩そうとしない。

「その時は、こちらから迎え討つのみ。今回はたまたま油断していただけだ。妖怪に屈するなど、決してあってはならない」

「し、しかし……」

紅耶の言葉に賛同を示す者はいなかった。

椿木家の最大勢力である本家が、完膚なきまでに叩きのめされたのだ。分家の者たちの士気は完全に下がっていた。

そんな彼らに向かって、紅耶が右手で顎を擦りながら豪語する。

「何、いざとなったら四季神の力を利用すればいい」

まさかこのために、自分たちを連れてきたのだろうか。見初がはっと外峯のほうを向く。

しかし男は真顔のまま、この状況を静観していた。

「し、四季神家？　彼らの力はとうの昔に失われたはずでは……」

どうやら見初の存在は、分家の面々には知らされていないらしい。彼らから戸惑いの声が上がる。それを見越していたように、紅耶は口角をニヤリと吊り上げた。

「君たちにはまだ話していなかったな。実は――」

「これは椿木家の問題だ。部外者を巻き込むべきではありません」

冷ややかな声でそう言ったのは、これまで沈黙を続けていた雪匡だった。この期に及んでもなお、見初を利用しようとする父親に鋭い眼差しを向ける。

「雪匡、自分が何を言っているのか分かって……」

「私も雪匡様と同意見です」

外峯がおもむろに腰を上げ、これまで胸に抱え込んでいた本心を吐露する。

「理由なく妖怪を祓い続けてきたツケが回ってきただけです。そのくらい、自分たちで清算しなければなりませんよ」

「外峯……」

息子だけでなく腹心にも冷や水を浴びせられ、紅耶の目に静かな怒りが宿る。だが雪匡はさらに追い打ちをかけるように言った。

「我々はやりすぎたんですよ、父上。もしかしたら先日の百鬼夜行は、椿木家を裁くために『門』の向こうからやって来たのかもしれません」

その言葉に紅耶は小さく息を詰まらせた。冷静に切り返すわけでも、怒りに任せて反論するわけでもなく口を噤む。

会場が水を打ったように静まり返る。予想していなかった展開に、見初と冬緒は互いに顔を見合わせていた。

「……お前らのせいだ」

沈黙を破ったのは、本家の陰陽師だった。憎らしげに顔を歪めながら、同僚をきつく睨む。まったく身に覚えがないといった顔で、ホテル櫻葉の妖怪たちを祓った男たちが反論する。

「は？　我々がいったい何をしたと……」

「お前らが妖怪を好き勝手祓ったせいで、こんなことになったんだ！　余計なことをして恨みを買いやがって‼」

陰陽師の怒号が響き渡る。

それが合図となり、会場の至るところで激しい口論が始まった。この事態を招いた犯人く。

を炙り出そうと、皆躍起になっている。誰もが自分だけは潔白であると信じて疑うことな

「何かすごいことになっちゃいましたね……」

「そうだな……」

見初と冬緒は、目の前で繰り広げられる責任のなすりつけ合いに唖然としていた。本家も分家も関係なく、互いを罵り合っている。中には、取っ組み合いに発展している者たちもいた。

「我々は、ただ椿木家のためにやっただけだ！　何も悪くない！」

「だったら誰が責任を取ると言うのだ。開き直るのもいい加減にしろ！」

「そうだ。俺たちは本家の奴らに言われるがままに、仕方なく祓い続けてきただけだ」

「バカ言うな！　俺たちだって、本当は妖怪なんてどうでもよかったんだ！　だが紅耶様に命じられて……！」

責任転嫁の矛先は、紅耶にまで向けられようとしていた。

「何だこれは……」

もはや会合どころの話ではない。怒声にまみれた会場に、紅耶は茫然自失していた。

そこへ平然とした表情で外峯が歩み寄っていく。

「紅耶様、申し訳ございません。私はもうあなたのやり方についていけません」

「私から離れるつもりか、外峯」

紅耶が低く重々しい声で凄むが、外峯はもはや以前の従順であった部下ではなくなっていた。

「あなたに救われたことは感謝しております。ですが、だからといってあなたに従い続けられるほど、私は利口な男ではありません」

「……この恩知らずめ」

苦い笑みを浮かべる主に深く腰を折ると、外峯は喧騒の中を歩き始めた。そして、この状況を膝を抱えて見守っていた見初たちの前で立ち止まる。

「時町様、冬緒様、これまでの非礼をお詫びいたします」

そう言って深々と頭を下げ、振り向きもせず大広間から出て行く。椿木家のしがらみから解放されたその横顔は、どこか晴れやかだった。

「外峯さん、行っちゃいましたね……」

「ちょっと待て！　俺たち置いて行かれてるぞ⁉」

このままでは屋敷に取り残されてしまうと、冬緒が焦りの声を上げる。見初も「あっ！」と目を丸くし、慌てて外峯を追いかけようとする。

「帰りなら心配しなくていい。君たちのことなら、外峯から頼まれている」

狼狽える二人に声をかけたのは、雪匡だった。

「こうなった以上、椿木家はもう終わりだ。どれだけ頑張っても立て直しは無理だろう」

二人を連れて屋敷の外に出ると、雪匡は苦笑交じりに言った。

「……雪匡さんは、これからどうするんだ？」

気遣うような口調で冬緒が尋ねる。雪匡は自分の考えを整理するように、夜空を眺めてから答えた。

「次期当主としていろいろと後始末をしなければならない。当面の間は、休む暇もなさそうだ」

「あまり無理はしちゃダメですよ」

見初が労い(ねぎら)の言葉をかける。この生真面目な青年のことだ。頑張りすぎて体を壊してしまいそうで少し心配だった。

「……ありがとう。だけど、不思議なものだな」

「はい？」

「自分の家が没落しようとしているのに、とても清々しい気持ちなんだ。こんなこと父上に言ったら、殴られてしまうな」

雪匡は肩を竦(すく)めて笑った。その時、背後から激しく言い争う声が聞こえ、三人は思わず足を止めた。

振り向くと、冬緒の両親がそそくさと帰ろうとする分家の者たちを必死に引き留めようとしていた。

「お待ちください！　本家が窮地に立たされている今、我々分家が団結する時ではないのですか⁉」

父親が土下座をして訴えるが、反応はすげなかった。

「何が団結だ！　私たちは本家と縁を切らせてもらう！」

「我々もだ。これからだって、どうせ奴らはろくでもないことをして妖怪たちを呼び寄せるに決まっている」

「紅耶なんぞに、これ以上付き合っていられるか」

申し合わせたように吐き捨て、立ち去ろうとする。そのうちの一人に、冬緒の母親が縋り付く。

「私たちだけでは、本家を支えることなどできません！　どうかお力をお貸しください！」

「ならば、紅耶たちを見捨てればいいだけの話だ」

「で、ですが、本家を失ったら、私たちは何を頼って生きていけば……あぐっ」

乱暴に突き飛ばされ、母親が地面に倒れ込む。分家の人間たちは一瞥することもなく、去って行った。

「……あの人たちは、昔から本家のやることは全部正しいって思い込んでたんだ」

地面に座り込み途方に暮れる両親に目をやりながら、冬緒がぽつりと言う。

「だから白陽を助けた俺のことも、あっさり切り捨てた。そうやって本家の方針に従って、依存して生きてきたんだ。……だけどこれからは、そういうわけにもいかない。ちゃんと自分たちの考えを持って、生きていかなくちゃいけないんだ」

そこまで語り終えると、冬緒は雪匡に「行こう」と促した。

「両親と話をしなくても、いいのか？」

「…………」

冬緒は雪匡の問いかけに即答せず、泣き崩れる両親をじっと見詰めた。あの二人の姿を見るのは、もしかしたらこれが最後になるかもしれない。そう思いながらも、それはそれで構わない。そう割り切ってしまっている自分の薄情さに少し驚く。

「……もう、あの人たちと俺は他人ですから」

そう言って冬緒が歩き出そうとすると、見初がその隣に並んだ。そして何も言葉を交わすことなく、二人でその場から静かに離れていった。

◆　◆　◆

雪匡の運転する車でホテル櫻葉に帰ってきた頃には、既に21時を回っていた。

「お腹空いちゃいましたね。晩ごはんまだ残ってるかな……」

「……なぁ、おかしいと思わないか」

夕食の心配をする見初に、冬緒が疑問を口にする。

「どうしてこのタイミングで、本家が襲撃されたんだ？」

「え？　分家の人も言ってましたけど、仲間が祓われて怒った妖怪たちが……」

「こう言ったら何だけど、椿木家が妖怪を祓うことなんて日常茶飯事だ。なのに何の前触れもなく、突然あんな大群が押し寄せるなんて妙なんだよ。紅耶様たちだって、何が原因なのか明確に掴めていないようだったし」

「そう……なんですかね？」

お腹が空いて頭が上手く働かず、見初は曖昧に相槌を打った。

「ひょっとしたら、ここ最近あいつらが祓った妖怪の中に、何か特別な奴がいたんじゃないのか？」

「……キングオブ妖怪？」

とりあえず思い付いたワードをそのまま口に出してみる。

「いくら何でも適当すぎるだろ……」

「だって、それ以外だと何も――」

黒い妖怪の後ろ姿がふと脳裏に浮かび、見初が言葉を止めた。

「久寂様……」

「久寂って……永遠子さんと仲がよかったあの妖怪か？」

「はい。久寂様、悠乃さんに変な黒い玉を預けていたんです。だけど、久寂様が祓われちゃった後に見に行ったら、パカッと割れていて……」

見初が身振り手振りを交えて説明すると、冬緒の眉間に皺が寄った。

「黒い玉……？　ちょっと気になるな。それって今どこにあるんだ？」

「永遠子さんが持ってるはずです」

「よし、借りに行くぞ」

夕飯どころではなくなってしまった。見初たちは寮に入ると、まずは永遠子の部屋に向かうことにした。

「あっ。おかえりなさい、見初ちゃん、冬ちゃん」

「永遠子さん？」

ホールを通りかかったところで名前を呼ばれ、二人は足を止めた。永遠子の隣では、常連客の天狗が茶を飲んでいた。

「よっ、遅かったじゃねぇか」

「緋菊さん！　ひととせ様見付かったんですか？」

見初が期待を込めて尋ねると、緋菊は「いんや」と首を横に振った。

「まあ、それはさておき、椿木家がえらいことになったっつーから、話を聞きにきたんだよ。お前ら、例の会合に行ってたんだろ？」

「もう話が広まっちゃってるんですか⁉」

まだ24時間も経っていないのに、拡散のスピードが速すぎる。

「面白そうだからって、陰陽師に化けて潜り込んでた奴らがいるんだよ。椿木家がぶっ潰れて、みんなすげぇ喜んでるぜ。ざまぁみろってな」

緋菊はそう言って、ニヤリと白い歯を見せた。

「面白そうだからって、潜り込んじゃダメだろ！　バレたらどうするんだよ……！」

「そん時は逃げりゃいいだけだろ。それに、この前の百鬼夜行に比べたら、今の椿木家なんざ全然怖かねぇよ」

「！　そうだ、永遠子さん。久寂が悠乃さんに預けてた黒い玉、見せてくれないか？」

当初の目的を思い出し、冬緒が永遠子に頼み込む。

「え、ええ。別にいいけど……ちょっと取ってくるわね」

永遠子が一旦自室へと戻る。

「久寂……久寂……？　どっかで聞いたことがあるような……」

テーブルを指でとんとんと叩きながら、緋菊が古い記憶を思い起こそうとする。

「悠乃さんや永遠子さんと仲良しだった妖怪です。ひととせ様ともお友達だったみたいですよ」

「……椿木家の奴らに祓われたけどな」

冬緒が見初の言葉に付け加える。

「あいつら、そんな妖怪まで……ん？　あいつの友達？」

緋菊の顔が険しくなる。そのタイミングで永遠子がホールに戻ってきた。

「はい、冬ちゃん。でも、これがどうしたの？」

永遠子がハンカチで包んでいた二つの黒い欠片を見せる。途端、緋菊は大きく目を見開いた。

「おいおい……そりゃまさか『彼岸』への門の鍵か？」

「彼岸？」

「あの世とも違う、妖怪だけが棲んでる世界のことだよ」

緋菊は欠片を手に取り、まじまじと見ながら言った。

「まあ、名前ぐらいは聞いたことがある奴も多いだろうが、それ以外は謎に包まれている場所だ。ごく一部の陰陽師の間でも、おとぎ話みてぇに語られてるそうだが……」

「あ……！　そういえば、雪匡さんが門がどうとか言ってました！」

あの意味深な発言は、恐らくこのことを指していたのだろう。あの話題が出た途端、紅耶は明らかに動揺していた。

「この世界と彼岸を繋ぐ門は、普段固く閉ざされている。だが一度開いちまえば、向こうの妖怪がわんさか押し寄せてきて、大いなる災いをもたらすって話だ」

「向こうの妖怪が……」

「わんさか……」

「押し寄せる……？」

見初と冬緒、そして永遠子の脳裏にある光景が蘇る。

「もしかして、椿木家を襲ったのって……！」

見初は息を震わせた。祓ってはいけない妖怪を祓ってしまった。冬緒の推理は正しかったのだ。

「ああ、その可能性は十分に有り得るな」

見初が言わんとしていることを察して緋菊も頷く。

「彼岸の門は、今から千年前にも一度開かれている。その時は陰陽師や妖怪が協力して、どうにか閉じることに成功したみてぇだな」

「……緋菊さん、やけに詳しくないか？」

冬緒が怪訝そうな表情で問う。

「ひととせから聞いたんだよ。その門の鍵を持ってる友達に、色々教えてもらったんだと。で、その友達とやらは、鍵に封印を施して、二度と門が開かねぇように見張る任を与えられていたそうだぜ」

「なるほど、鍵を誰かに奪われるのを防ぐために、久寂は悠乃さんに託したのか……」

冬緒が合点したように小さな声で呟く。一方、永遠子は大きな事実が明らかとなり、表情を曇らせていた。

「おばあちゃんも久寂も……どうして私に何も教えてくれなかったのかしら」

「んなもん、お前を危険に巻き込みたくなかったからに決まってんだろ」

緋菊が欠片をハンカチの上に戻しながら、その疑問に答える。それでも永遠子の心は晴れることなく、欠片へと視線を落とした。

「だが久寂が祓われちまった拍子に、その封印が解けて門も開いちまったんだろうよ。そんで恐らく、ひととせは今、彼岸にいるはずだ。気配が感じ取れねぇのも、そもそも別世界に行ってるからだとすりゃ納得がいく」

「ひととせ様が彼岸に？　何でそんなことを……」

冬緒が困惑の声を上げる。

「友達がやり残したことを叶えてやるんだとよ。それが何かはだいたい見当がつくとして……問題は鈴娘だ」

「私ですか？」

見初はきょとんと自分を指差した。

「霊力が下がってんのも、ひととせがこっちの世界にいないせいだ。お前、妖怪が見えなくなってきてんだろ？」

「見初、そうなのか？」

冬緒が恐る恐る問うと、見初はこく、と小さく頷いた。

「……日に日に白玉や風来たちの姿がぼやけて見えるようになってきたんです。今も緋菊さんの顔、表情がよく分からなくて」

今まで見えていたものが見えなくなる。見初の声は恐怖と喪失感で震えていた。

「……このままいけば、鈴娘はそこらの人間と同じようになる。いや、他にも何か影響が出るかもしれねぇ。ひととせも、そこは想定外だったのかもな」

緋菊が微温くなった茶を啜り、小さく溜め息をつく。

冬緒は俯いたままの見初を見詰め、緋菊に視線を移した。

「……ひととせ様をこっちの世界に連れ戻せばいいんだな？」

「多分な。だが門の場所までは、私にも分かんねぇぞ」

「構わない。俺が門を見付け出して、ひととせ様を連れ帰ってくる」

その言葉に見初は驚いたように顔を跳ね上げた。

「ふ、冬緒さん、何言ってるんですか⁉」

「そうよ。確かに見初ちゃんのことは心配だけど……」

永遠子も賛同できず、微妙な反応を見せる。

しかし冬緒の決心は変わらない。見初をじっと見据え、静かな声で自分の心情を口にする。

「……もし、突然白玉の姿が見えなくなってしまったらって、自分に置き換えて想像してみたんだ。そしたらすごく辛くて悲しくて……耐えられないと思った。俺は見初にそんな思いをさせたくない。これは俺のワガママなんだよ」

恋人を安心させるように穏やかに微笑む。その笑顔に見初は息を呑み、くしゃりと顔を歪ませた。

「待て冬緒。お前が鈴娘を何とかしてやりてぇ気持ちはよく分かる。けど門がどこにあんのか、何一つ手がかりがないってのに——」

「オイラたち、門のこと知ってるよ！」

ホールの入口には、いつの間にか風来と雷訪、そして白玉の姿があった。ぽてぽてと見初へ駆け寄っていく。

「以前、白陽様が仰っていたのです。大昔に、妖怪だけが棲む世界の門を見たことがあると」

「そ、それ本当か？」

冬緒が雷訪の肩を掴んで確認するように聞く。

「うん！　だから白陽様なら、きっと門がどこにあるか知ってると思う」

「ぷぅ……」

白玉が小さく鳴きながら、見初の足に擦り寄る。風来と雷訪も、切なげに見初を見上げる。

「……ちょっとだけ気付いてたんだ。見初姐さんに、オイラたちの姿が見えなくなってきてるって」

「いつも私たちを見るたびに、泣きそうな顔をしていましたからな……」

「風来……雷訪……」

しゃがみ込んだ見初に、二匹がぎゅっと抱き着く。丸い瞳からは、ポロポロと涙が零れ落ちていた。

「見初姐さんとお別れなんて嫌だよぉ」

「我々はこれからも見初様と一緒にいたいですぞ」

「ぷぅ、ぷぅ。ぷぅぅ……！」

白玉の縋るような鳴き声がホールに響き渡る。けれど見初の耳には、その声ですら遠く感じられた。

「みんな、ごめん。ごめんね、ありがとう……」

見初は肩を小さく震わせながら、唇を噛み締めた。

◆◆◆

彼岸への門を見付けるためには、まず白陽を探さなくてはならない。冬緒は風来と雷訪とともに、旅の準備を着々と進めていた。

そして旅立つ前日、見初は冬緒を誘って出雲大社を訪れた。

「今日は全然妖怪を見かけませんね。いつもなら、その辺りをうろちょろしてるのに」

「そうだな……」

見初に話を合わせながら、冬緒は周囲を見回した。

「鈴娘さ……あぅ」

「邪魔しちゃダメだぁ」

子河童が見初の下へ走り寄ろうとして、父に引き留められているのが見えた。その光景をぼんやりと見詰めていると、見初が何かを差し出してきた。

「はい冬緒さん。お守り買ってきましたよ！」

「ん？　ああ、いつの間に……」

冬緒は淡い灰色のお守りを受け取った。災いを除き、幸運を招く厄除守(やくよけまもり)だ。

「本当は御神札(ごしんさつ)も買おうかなって思ったんだけど、どこにも貼るところないなぁって。あっ、でも風来か雷訪の背中に貼ればいける……？」

「いけないだろ！」

「やっぱダメですかね」

「川に落ちたり転んだりしたら、すぐに剥がれそうだろ……」

恐らく一日たりとも持たないだろう。ぐちゃぐちゃになった札を持って呆然とする二匹を想像して、冬緒は小さく笑った。

「これだけでいいよ。ありがとう、見初」

「……はい！」

お守りを見せながら笑いかけると、見初からも明るい笑顔が返ってきた。

そしてその翌日。

「えっ？ 白玉ちゃんも一緒に行くことになったの？」

「はい。冬緒さんと二匹だけじゃ心配だからって。朝起きたら、書き置きがあったんです」

見初は一枚の紙を永遠子に見せた。そこにはチラシや新聞から切り取った文字で、「私モイッショに行きまス。白たマ」というメッセージが残されていた。

「脅迫状みたいね……」

「あ、ほら！ 早く行きましょう、永遠子さん。お見送りしなくちゃ！」

永遠子の腕を引いて、寮の外に出る。すると入口にはホテル櫻葉の従業員たち、そしてリュックサックを背負った冬緒の姿があった。

「あれ？　白玉と獣コンビたちは……」

「あいつらなら先に行ったよ。鳥取砂丘を見に行くんだってはしゃいでる」

キョロキョロと見回す見初に、冬緒が呆れたような口調で答える。

「柳村さん、後のことは頼みます」

「はい。時町さんやホテルのことは、私が必ずお守りします」

「……ありがとうございます」

柳村にお辞儀をして、冬緒は従業員たちを一人一人見回した。そして最後に見初を見る。

「……それじゃあ、行ってくる」

「行ってらっしゃい、冬緒さん」

言葉を重ねれば重ねるほど、別れが惜しくなる。だからお互い、たった一言だけ告げた。

「冬ちゃーん！　行ってらっしゃーい！」

「お土産買ってこいよー！」

「吾輩(わがはい)はワインのつまみでよいぞーっ！」

ホテルから去って行く冬緒に向かって、従業員の面々が声を張り上げて見送る。その叫び声に紛れるように啜り泣く声が聞こえ、冬緒は一瞬振り向きそうになった。けれど手を強く握って、歩き続ける。

「……お前らも泣くなよ」

冬緒が足元に目を向けると、風来と雷訪、そして白玉が目を潤ませていた。

「な、泣いてないやいっ」

「そうですぞ。我々は見初様のために、もう泣かないと決めたのです」

「ぷぅ！」

すんすんと鼻を啜りながら、三匹は真っ直ぐ前を見据えて歩いていた。

彼らの言葉に頷きながら、冬緒は握り締めていた手をゆっくりと開く。その手の平にあるお守りを静かに見詰め、再び握り締めた。

大切な人の幸せを守るため。大切な人と一緒にいるため。

一人と三匹の長い旅が始まった。

エピローグ

冬緒たちが旅に出てから三ヶ月。ホテル櫻葉では、人間以外の客の受け入れを再開していた。

「いらっしゃいませ。本日はご利用ありがとうございます」

見初は来館した客に恭しく頭を下げた。すると「ワシじゃよ、ワシ」という声が降ってきた。

「ん？……もしかして雨神様ですか？」

「久しぶりじゃのう、鈴娘」

ショートカットの可愛らしい女性は、朗らかな笑みでピースサインをした。しかしその口調は、まさしく雨神だ。もう片方の手には、缶ビールがしっかりと握られている。

「話は聞いたぞぃ。ワシらの姿が見えなくなってしもうて、大変じゃのぅ」

「まあ、今のところは何とかなってます」

心配そうな様子の雨神に笑って答える。

いかなる存在であろうと、人間の姿に見えるようになる札のおかげで、見初は今まで通りベルガールの仕事を続けることができている。

　ただ、実際と大きく異なる外見をしているため、向こうから名乗ってもらわなければ、たとえ馴染みの客であってもすぐには気付けない。そのことに寂しさを感じていた。

「ところで鈴男からは、何か連絡はきたりせんのか」

「あ、よく写真付きでお手紙が届きます！」

「今時手紙とは古風じゃのぅ。スマホとか持って行かんかったのか？」

　雨神が缶ビールの蓋を開けながら質問する。

「圏外なことが多くて、あまり使えないみたいなんです。まずは白陽様を探さなくちゃいけないから、山や森の中の移動がほとんどらしくて」

　見初はそう答えるついでに、雨神からビールを奪い取った。ロビーでの飲酒はご法度である。

「山や森ってずいぶんとハードじゃな」

「風来と雷訪がしょっちゅう『辛い、死んでしまう』って泣き出して、その度に白玉に殴られてるそうです」

「ん？　あの二匹、元々山で暮らしてなかったかのぅ？」

「一度俗世に染まったら、野生にはもう戻れないんで……」

　だが、二匹が泣くほどの過酷な旅であることは間違いないようだ。

鍾乳洞に迷い込んで二日間抜け出せなかったり、巨大な野鳥に捕食されかけたり、謎の集団に捕まって生贄（いけにえ）にされかけたりと、色々と苦労しているらしい。手紙も、現地で知り合った妖怪に届けてもらっているそうだ。

それでも冬緒は手紙の中で、一度も弱音を吐いたことがない。むしろ見初を労（いた）わるような、優しい文章が綴（つづ）られている。それを読むたびに、見初は「自分も頑張ろう」と強い気持ちになれるのだ。

しかしある日を境に、冬緒からの手紙は届くことがなくなってしまった。

◆この作品はフィクションです。
実在の人物、団体などには一切関係ありません。

双葉文庫

か-51-16

出雲(いずも)のあやかしホテルに就職(しゅうしょく)します⑯

2024年7月13日　第1刷発行

【著者】
硝子町玻璃(がらすまちはり)

【発行者】
箕浦克史
【発行所】
株式会社双葉社
〒162-8540 東京都新宿区東五軒町3番28号
[電話] 03-5261-4818(営業部)　03-5261-4831(編集部)
www.futabasha.co.jp(双葉社の書籍・コミックが買えます)
【印刷所】
中央精版印刷株式会社
【製本所】
中央精版印刷株式会社

【フォーマット・デザイン】
日下潤一

ISBN978-4-575-52769-8 C0193
Printed in Japan

FUTABA BUNKO

時給三〇〇円の死神

The wage of Angel of Death is 300yen per hour.

藤まる

「それじゃあキミを死神として採用するね」ある日、高校生の佐倉真司は同級生の花森雪希から「死神」のアルバイトに誘われる。曰く「死神」の仕事とは、成仏できずにこの世に残る「死者」の未練を晴らし、あの世へと見送ることらしい。あまりに現実離れした話に、不審を抱く佐倉。しかし、「半年間勤め上げれば、どんな願いも叶えてもらえる」という話などを聞き、疑いながらも死神のアルバイトを始めることとなり——。死者たちが抱える切なすぎる未練、願いに涙が止まらない、感動の物語。

発行・株式会社　双葉社